Avidez

VOCES / LITERATURA

COLECCIÓN VOCES / LITERATURA 346

Nuestro fondo editorial en www.paginasdeespuma.com

Lina Meruane, *Ávidez*
Primera edición: octubre de 2023

ISBN: 978-84-8393-337-4
Depósito legal: M-18974-2023
IBIC: FYB

© Lina Meruane, 2023
© De esta portada, maqueta y edición: Editorial Páginas de Espuma, S. L., 2023

Editorial Páginas de Espuma
Madera 3, 1.º izquierda
28004 Madrid

Teléfono: 91 522 72 51
Correo electrónico: info@paginasdeespuma.com

Impresión: Cofás

Impreso en España - Printed in Spain

Lina Meruane

Avidez

PÁGINAS DE ESPUMA

ÍNDICE

A la extrañada Nelly Meruane y al querido Juan Carlos Bistotto, siempre señalando el gesto cómico y el derrotero siniestro.

Platos sucios

... y había pedacitos de mi padre en los árboles, en la calle, en todas partes... y estaban limpiando la calle. La lluvia, la sangre, el agua, se estaban mezclando y veía cómo corría para abajo.

Francisco LETELIER, al diario *La Época*.

SE LEVANTÓ ANTES de que hubiéramos terminado. Recogía la mesa, sin mirarnos. Con la punta del delantal quitó las migas de los platos de pan y los colocó uno sobre otro: una pila perfecta de cuatro que introdujo cuidadosamente en el agua hasta que desapareció bajo la espuma.

Limpios, pensé. Estaban limpios.

Mis hermanos no levantaron la vista; engullían con esmero, como pájaros, cerrando el pico sin masticar. Yo froté mi boca con la servilleta de tela solo por costumbre. No había podido comer. Y continué observando cómo mis hermanos devoraban la tallarinata. Sus labios maquillados por una gruesa línea de salsa roja, la misma, de tomate, que cubría los fideos y chorreaba en los bordes de los platos.

El mantel se habría manchado, por eso mi padre evitaba ponerlo a la hora de la cena. Pronto el trapo húmedo eliminaría los rastros de mis hermanos.

Debieran apurarse en llevar sus platos sucios a la cocina, pensé sin dejar de vigilarlos.

Iván tomó un trozo de la panera, miró hacia adelante sin verme y bajó los ojos; repasó los dibujos del plato con la miga hasta dejarlo impecable. Pedro imitó la operación; pasó la lengua por sus labios y sonrió. Yo no sonreí. Fui directo a la cocina con el plato limpio entre las manos. Mi padre no me dirigió la vista mientras yo secaba el óvalo con la toalla de papel y lo dejaba ya abrillantado dentro del mueble.

Un plato menos que llenar de espuma y enjuagar.

Al salir sentí cómo él abría el estante de la vajilla y tomaba el primer plato, mi plato pulcro, y lo lanzaba bajo el chorro de agua caliente.

No me detuve hasta el baño. Ahí me lavé las manos y la cara con agua fría y bastante jabón. Y después los dientes, los diez minutos reglamentarios para que el flúor hiciera su efecto. De tanto cepillarme empezaron a sangrar las encías y sentí un alivio enorme al recordar las palabras del dentista: si sangran es que están infectadas, es que han estado sucias demasiado tiempo.

Me senté en la taza y estuve ahí un rato, masajeando mis tripas hasta que se vaciaron por completo. Tiré la cadena y, cuando el depósito terminó de llenarse, aún pude escuchar a mi padre en la cocina.

En media hora todo estará impecable, pensé. Impecable.

Sonreí. Mi boca gusto a metal, a menta. Y pensé en esa palabra impecable; manché el delantal impecable de mi padre con ella, me la metí impecable en la boca para que se adosara a los cuellos de las encías vueltos una masa blanda y pegajosa.

Todavía sentada en la taza alcancé con la mano el agua del fondo, agua transparente, mientras oía a mi padre fregando los platos otra vez y las seis tazas de té con sus platillos. Los vasos sucios y los cristalinos. Las cucharas y el resto de la vajilla. Me lavé por detrás, entre las piernas. Con los mismos dedos fríos, inodoros, desaté el nudo de la bolsa plástica que llevaba en el bolsillo interior del chaquetón y saqué la marraqueta que había dentro.

Está obsesionado, me dije mordiendo el pan.

Cerré la boca mientras masticaba y desprendí otro trozo con una felicidad profunda, total. La bola iba adquiriendo el rugoso relieve de mi paladar. Fui transformándola en una pasta húmeda que subía por la nariz; apenas podía respirar pero no tragué. Dejé que cubriera mis dientes, y cuando estuvo completamente líquida, a punto de escurrirse por la comisura de mis labios, comencé a escupir.

El espejo.

El lavamanos.

La bañera.

El piso de linóleo.

Mis manos se cubrieron con esa materia pálida (cesó el ruido en la cocina); y la ropa llena de esa pasta harinosa (cesó el ruido, ahora limpia el mesón con una esponja), y la cara salpicada de pan (el piso, con el trapero). Abrí la puerta.

Con la boca vacía llamé a mi padre.

TAN PRECIOSA SU PIEL

MAMÁ DECÍA QUE NO NOS PREOCUPÁRAMOS, todo iba a estar bien sin papá. Tan buena, mamá. Tan linda ahora que ya no lloraba y volvía a aplicarse las cremas que le suavizaban la piel. Se había dejado crecer el pelo y la melena negra ondeaba sobre sus hombros descubiertos. No se preocupen, niños, mamá no los dejará, mamá se hará cargo. Tan confiada ella, tan ligera de cuerpo desde que él había partido. Y decía, mamá, que aunque las cosas afuera estuvieran difíciles siempre habría un sol en el horizonte; y era verdad, ahí estaba el sol radiante sobre un azul asombroso, ¿ven, niños?, mírenlo ahí, y abría las cortinas y las ventanas para dejar que entrara el día y la brisa oliendo a primavera. Nosotros asomábamos la cabeza para distraernos viendo los gatos en los balcones vecinos y los pájaros gorjeando su atrevimiento en las barandas, viendo también a los topos que se aventuraban por las calles, allá, abajo. Nos entreteníamos contando las abejas que bullían en los jardines llenos de malvones morados y coloridas camelias, espatifilos blancos en los que asomaba un largo meñique cubierto de polen. No nos cansábamos de nombrar las flores que conocíamos por los libros de la escuela. Era de noche que nos desvelábamos acostados en la gran cama de mamá sin papá, con mamá y sus crespos oscuros que nos dejaba acurrucarnos y acariciar su preciosa piel. Su piel tibia olor a leche. Con tono arrullador nos contaba de los peces que se reproducían en los océanos ahora que no había barcos interrumpiéndoles el amor o derramándoles petróleo, contaminándoles las aguas. Su voz nos hablaba de los cisnes blancos que habían vuelto a habitar las ciudades desiertas, ¿han visto qué cisnes, niños?, ¿los colosales cisnes en los canales venecianos? Nos hablaba de los elefantes tailandeses con sus crías, cruzando campantes las calles, y de las vacas sueltas, de los leones durmiendo sobre carreteras calientes, de las cabras divirtiéndose en los parques de entretenciones desolados. Nos adormecía con los pumas saltando las rejas de las casas y los marsupiales bañándose en piscinas y los pingüinos protegiéndose mutuamente del frío hasta que el gallo volvía a despertarnos. Qué alegría que nos cante el gallo, exclamaba mamá aplaudiendo y riendo: era una niña entre nosotros. Nos hacía reír con ella como si su felicidad estuviera haciéndole cosquillas a los niños hambrientos en que nos habíamos convertido.

Mamá era otra sin papá en casa, su piel ajada ahora relucía, y había dientes en su sonrisa, había labios en su rostro, mejillas sonrosadas, ojos donde antes solo hubo crispación. Porque papá se quejaba de todo, la culpaba por todo, daba puñetazos sobre la mesa cuando ella servía sus insípidas verduras de cena, la acusaba de estarnos matando de hambre a él y a sus propios hijos. Mamá gemía. Papá aullaba: no eran excusa ni el desabastecimiento ni el cierre de los mataderos y de las fábricas de carne clausuradas por la infección que se expandía por pueblos y ciudades; como siguiera alimentándonos a base de lechugas y tubérculos y pastas de soya y un montón de quesos agusanados que nos dejaban en cajas sobre el felpudo de la entrada, le haría pagar a ella, pagar en su cuerpo para que gimiera con razón. Mamá contestaba que, si era por pagar, la que pagaba era ella, ella la que tenía fondos en el banco mientras que él estaba cesante desde hacía meses. Esa plata le dolía a papá: lo hacía patear las paredes y arrojarle amenazas. Una papa más y te la muelo en los ojos, ¿oíste?, una zanahoria más, por la nariz, mascullaba entre dientes nuestro papá para que no lo oyéramos desde la sala. Lo oíamos nítido a través de las paredes y casi podíamos verlo amenazando la linda cara de mamá con un camote hirviendo o sofocándola con el puré de lentejas. Siempre arremetía por la comida y mamá levantaba la voz en defensa propia, sin importar que sus gritos airados se nos clavaran a nosotros en el costado.

Mamá bajó el tono y por fin lo enfrentó. De dónde quería que ella sacara la carne que él insistía en comer, esa carne infecta que nos iba a enfermar y a matar si no nos mataba antes él. Viéndolo callado y disminuido aprovechó de decirle que viera él dónde conseguir las fúnebres hamburguesas y las costillitas que lo habían vuelto un energúmeno. ¿Qué ejemplo eres para los niños?, ¿no eres tan hombre? Compórtate como hombre, pues, le dijo furiosa y papá hundió aún más su cabeza entre los hombros y nos mostró un pelón lamentable que quisimos sobar. Pero no tuvimos tiempo para acercarnos a papá. Se enderezó sin mirarla y salió de la cocina. Se metió en su pieza, en su computadora, en su desesperación, y salió de ellas unas horas después para anunciar que se había comprado un arma. ¿Una pistola? Mamá empezó a llorar mientras papá proclamaba con desprecio que su arma llegaría al día siguiente, dentro de una caja de madera muy grande y muy pesada. ¿Un rifle? Mamá temblaba aferrada a la olla que no lograba lavar. Papá se metió en su silencio, otra vez en su habitación, y mamá se hizo un hueco entre nosotros esa noche. Nadie pegó ojo porque no cabíamos en el colchón y estábamos ansiosos por ver llegar el alba con su caja larga, con su rifle largo y reluciente en el que cabían más balas de las que podríamos contar. Papá se cruzó las balas sobre el pecho y por debajo de su chaqueta y levantó ese rifle que jamás había visto ni menos tocado, que no sabía disparar, y salió dando un portazo. Mamá vomitaba encerrada en el baño, imaginando toda la sangre y toda la carne que tendría que cocinar para nosotros, y comer con nosotros, ante nosotros, con los ojos bien abiertos sobre el plato. El rifle de papá apuntándole la sien.

Mamá lo dejó ir sin dedicarle ni un hasta pronto ni un cuídate. Cerró la puerta con llave y se quedó escuchando sus pasos duros sobre los escalones. Desde la ventana lo vimos aparecer en la calle; se detuvo en la esquina y se dio vuelta para despedirse pero tropezó con los patos que se habían apostado detrás. Hubo un revoloteo de graznidos y de insultos, papá chuteó a dos o tres con sus bototos mientras nosotros suplicábamos secretamente que agarrara un pato del pescuezo y nos lo lanzara como un premio de consuelo que nos comeríamos esa noche aunque nosotros mismos tuviéramos que desplumarlo y meterlo a la olla sin ayuda de mamá. Pero papá no se detuvo en los patos, papá se había equipado para la caza mayor y ya se alejaba de nosotros; lo vimos achicarse en la distancia y perderse entre otros hombres de armas largas cargados de municiones, hombres como él, sin hijos, sin mujeres, sin nada que perder. ¡Mamá!, chillamos en cuanto nos percatamos de que papá iba desprotegido, ¡mamá, mamá!, aterrados, viendo la mascarilla colgada del pomo de la puerta, y corrimos a buscarla a su refugio en la cocina para decirle que papá se había ido sin su protección. Se puede enfermar, dijimos; sí, niños, se puede morir, murmuró mamá con una mueca de disgusto detenida en el rostro, revolviendo un arroz con agua y algo de azúcar, sin palitos de canela.

Mamá nos decía que no nos preocupáramos, que dejáramos de espiar la calle, pero viéndonos dar vueltas y vueltas nos dio permiso para pasarnos los días atentos al regreso de papá. Hicimos guardia desde lo alto de nuestra ventana abierta y cerrada, y abierta, y cerrada, cerrada, cerrada porque el aire ya empezaba a enfriar. Mamá nos veía apostados ahí y era ella la que daba vueltas alrededor de nosotros, se arrimaba por detrás, nos susurraba en la nuca que la tetera no hierve si se vigila y que papá volvería un día de esos, el día menos pensado. Que papá no se enfermaría ni se lo comerían los pobrecitos lobos. ¿Lobos? No habíamos imaginado lobos salvajes pero ella sí, se había imaginado a los lobos despellejando a papá, había deseado que lo desgarraran, lo detectamos en el fondo turbio de su voz. Mamá temía que lo viéramos venir de lejos, que entre todos los hombres armados de la calle uno resultara ser papá. Porque la intemperie debía haberlo vuelto otro animal. Pero la tetera hervía sobre el fuego y mamá cocinaba las verduras cada vez más escasas que nos llegaban, y pasaban los días, y el viento se levantaba derramando por cientos las hojas de los árboles. Montones de hojas amarilleando antes de pudrirse sobre el pavimento sin que nadie las barriera. Hojaldre que la lluvia arrastraba hacia las alcantarillas. Y la nieve empezó a cubrir las calles que nadie despejaba, los autos oxidados vaciados de petróleo. Atravesando la nieve llegaría, nos decíamos, papá llegaría con un ciervo a cuestas o al menos con una de esas mofetas hediondas pero de carne tan tierna. Tan precioso su pelaje.

Mamá desenredaba su pelo negrísimo y brillante con sus dedos flacos mientras nos miraba desde la cocina y nos rogaba que nos sentáramos a comer sus tallarines con aceite, los últimos tomates, ya secos. Perdiendo la paciencia nos advirtió que pronto empezarían a caer granizos huracanados, que estallarían los vidrios, ¿qué quieren, niños, llenarse de esquirlas e infectarse la piel ahora que no hay medicinas?, ¿perder los ojos, eso quieren? No, no queríamos perder nada, ni la lengua ni una mano ni menos un ojo, ya habíamos perdido kilos, muelas, niñez. Habíamos perdido a papá pero no el hambre. Cerramos las persianas y las cortinas sospechando que papá seguro se había olvidado de nosotros, que papá había cazado ciervos y osos y se los había comido él solo o en compañía de otros hombres armados hasta los dientes. Nos tragamos los insípidos tallarines de mamá imaginando que quizás el cazado había sido él, porque afuera cualquier descuido podía ser mortal. Ese era el precio de la carne, la propia. No nos puso triste pensarlo, tampoco alegres, no sentíamos ya nada por papá. Solo un cálculo de los días idos en los huesos de nuestras costillas levantadas. Y si no salíamos era porque recordábamos lo aprendido antes de que cerraran la escuela, lo que nos había enseñado la maestra, tan robusta ella, tan gruesas sus manos: la cadena alimenticia. Esa maestra que mamá despreciaba por gorda nos había contado que era ley de la naturaleza comer a otros animales y que ellos, grandes o pequeños, nos comieran, antes o después. No nos dijo cuándo sería el debido tiempo pero insistió en que algún día nuestra carne sería aprovechada por la especie de los gusanos, y que alguna vez nos haríamos parte de los arbustos y de los árboles frutales que alimentaban a otros animales. Algún día seríamos cebras o jirafas corriendo por los parques. A mamá le gustaba este pedazo de la lección, siempre aplaudía en este momento, pedía que volviéramos a contarle esa historia y nosotros la repetíamos cambiando algunas frases. La noche en que íbamos a ser camellos mamá sonrió un poco desencajada y ojerosa pero bella todavía, y respondió, algún día, niños, cuando podamos salir, iremos al zoológico y acaso nos encontremos con un macaco enjaulado, agitando furibundo las rejas, un macaco de ojos verdes como los de su papá.

Mamá no volvió a mencionarlo y tal vez fuera mejor, mucho mejor que papá no regresara. Escaseaban las verduras y no había cómo conseguir harina, levadura, leche, arroz, y mientras menos bocas más nos tocaría. Además, papá comía por todo un ejército. Mamá abría los estantes como si fueran ventanas nocturnas vacías de estrellas. Cerraba los estantes y aplacaba nuestro desvelo hambriento contándonos que las tortugas gigantes y casi extintas habían vuelto a desovar en la arena caliente junto al mar, sin temor, sin cazadores de huevos alrededor, sin turistas ni bañistas prepotentes que eran todos la misma cosa: hombres. ¿Hombres? ¿Huevos enormes y comestibles robados por hombres? ¿Qué quería decir mamá? ¿No éramos hombres nosotros también? Ustedes no, respondió mamá, ustedes son niños nomás. Pero nosotros éramos hombres, hombres pequeños aunque no tan pequeños como habíamos sido, porque estábamos estirándonos, cambiando de voz, y si no moríamos antes nos convertiríamos en hombres grandes detestados por mamá. Mamá escuchaba la radio y nos repetía lo que iba aprendiendo ahí, que la vida sobre la tierra estaba compuesta de infinitas plantas y gérmenes, de finitas especies y apenas de hombres que se habían empeñado en acabar con todo. Eso no podía ser, dijo. Es por eso que se avecina el fin de los hombres, mis niños lindos, se viene la revancha de las especies.

Mamá, dijimos, mirándola fijo, su piel tan tersa untada en aceite, la trama de sus músculos sobre los huesos. Sus venas encendidas. Mamá, repetimos enrabiándonos con ella, los hombres están muriendo, están siendo devorados por manadas de lobos y aves de rapiña; hay hombres pudriéndose en las calles bajo nubes de moscas. La carne llena de gusanos. Ya era hora, murmuró mamá con los ojos saltones, aplastando una miga de pan con un dedo y depositándola sobre su lengua. Mamá, insistimos, sabiendo que era inútil, están en la calle buscando comida y se desmoronan sobre las veredas, esos hombres que ya ni hombres son. Mamá fingía no oír lo que decíamos, se rizaba con un dedo la melena encanecida mientras nosotros pensábamos en esos cadáveres metidos en congeladores, en esa carne dentro de fábricas abandonadas que ahora hacían de morgues. Carne que se perdería cuando se cortara la luz. Tanta carne desperdiciada. No lo dijimos pero debió traslucirse nuestra desesperación porque mamá se levantó de la mesa, se fue hasta la puerta y la cerró con la única llave de la casa y la llave quedó en el puño que mamá escondió detrás de su cuerpo. Mamá nos vigilaba con los ojos afiebrados, nos decía que no nos atreviéramos a acercarnos a ella, que no podríamos con ella aun sabiendo que, flaca como estaba, la levantaríamos sin problemas, le forzaríamos el brazo, le quitaríamos la llave. Abriríamos la puerta, bajaríamos las escaleras y nos perderíamos por las calles brumosas del barrio. Mamá, dijimos avanzando lentamente hacia ella, mamá, sé buena, entréganos la llave, hazte a un lado, déjanos salir. Casi no podíamos hablarle sin salivar, casi no podíamos mirarla, el camisón raído, los brazos desnudos, los pelos duros de las axilas asomados en el borde. Era mejor no verla así mientras nos decía que ya no éramos sus niños sino unos hombres sucios, sangrientos, carnívoros, calcados a papá. Pero ella, dijo airada, ella no permitiría que saliéramos por esa puerta. Abrió la boca y se tragó la llave como si fuera de aire, nos mostró su lengua vacía. Su lengua tierna y jugosa. Juntó los labios y nos sonrió desnudando las encías. Y sonreímos también nosotros, asombrados por lo que acababa de hacer, admirados de su rapidez y de su astucia, adorando su determinación y su belleza, comprendiendo que solo había una manera de salir de casa y era comiéndonos a mamá.

La huesera

Estoy en casa entre cabezas muertas.

Sylvia Plath

Solo dos cosas me exige Carlota: que nunca revele su nombre y que le rasque la espalda, cada noche. Aunque a veces pide que le ayude además con el ombligo porque ahí dentro no caben esos gordos dedos suyos. Debo meter mi índice en alcohol y hundirlo en la panza de mi hermana. Es perder el dedo entre los pliegues de su piel. Es recuperarlo, y encontrar, bajo mi uña, olor a rancio y a puchos.

*

Martes de otoño, a eso de las doce. Carlota regresa de la escuela toda rasguñada, y con los ojos rojos. Se suena los mocos con el borde de su manga y susurra,
Me ha invadido el frío con su tropa de bichos.

No sé por qué a los bichos les gusta tanto la nariz de mi hermana. Es una nariz chiquitita y redonda, delineada de mocos secos y siempre a punto de derramarse.

Esta asquerosa tropa de bichos, dice.

No me parece asquerosa su nariz, por más que los bichos se la pasen ahí metidos. Asqueroso es que fume todo el tiempo, que tosa y tosa el humo de sus pulmones.

No hay suerte.

Eso dice Carlota, y se suena y tose.

Ráscame la espalda, Cucho.

Y bota en el pañuelo un esputo amarillo, y,

Límpiame el ombligo, córtame las uñas de los pies.

Mi hermana se calza sus botas de tela, se introduce en un largo vestido, se enchufa una corona de papel. Es la señal inequívoca: iremos a la plaza a montar los columpios los dos si yo logro subirme a uno y volar como ella. Porque Carlota siempre se adelanta y se adueña del único columpio libre y me sonríe estirando las piernas, dándose impulso. Yo soy un caballero de esos que ya no hay, eso dice para consolarme con palabras de voluta que emergen de su pecho.

*

No puedo asegurar cuánto rato lleva ahí, espiándome.

No me canso de trepar a los árboles de nuestra plaza; la rama del limonero es suficientemente fuerte como para hacer piruetas en ella. Los limones que se desgranan al suelo luego sirven para que Carlota se prepare un exprimido, y lo bata con azúcar, y se dé unos tragos. Pero esta tarde no hay limones ni naranjas, solo Carlota haciendo intrincados cálculos en su ábaco, y de rato en rato, sonándose la nariz toda pelada y roja.

Al final, nuestros ojos se encuentran, se saludan, ella ordena con un gesto,

Ven Cucho, ven.

Y yo pienso, otra vez su ombligo, otra vez mis uñas malolientes o llenas de la grasa de su espalda. No me gusta cómo huele mi hermana, me disgusta la aureola de aceite que abrillanta su frente. Tiene la boca amarga, Carlota. Se sienta junto a mí sobre el pasto, y muerde los tallos tiernos de la hierba: los dientes le quedan manchados de verde.

Dice: ¿sabes que se acerca la fecha del aniversario?

Digo algo en mi cabeza, y hago una mueca.

Dice: necesitamos un tropel de monedas, ¿se te ocurre de dónde sacarlas?

Me levanto para indicarle la oscuridad que me sigue, le sugiero poner en venta nuestras sombras.

*

La maniobra será la siguiente. Sábanas, témperas, espesas cremas para pintar el cuerpo. El caballete servirá para montar nuestro tinglado de estatuas. Comienza el ensayo, Carlota envuelta en un lienzo aterciopelado como lengua de gato, y coronada, se pone rígida; yo soy el esclavo envuelto en la ropa de cama, soy el esclavo que sujeta su vestido.

Sobrevuelan pájaros, sus sombras se cruzan ante nosotros en el pavimento. Podemos permanecer así horas y horas.

Hasta que termine el solsticio de la tarde.

Así le llama Carlota al cielo anaranjado y lila, al sol que se sumerge tras la cordillera. El solsticio se diluye como acuarela sobrada de agua. Nosotros nos declaramos listos para comenzar nuestro trabajo.

*

Estoy un poco sordo.

Tengo orejas de elefante triste, caídas y selladas por dentro con una cera blanda y amarillenta; me falta pericia para meterme los bastoncitos algodonados y extraer la materia de mi interior.

Carlota no colabora en mi hazaña,

Ráscame la espalda, será mejor.

Se maquilla con esmero en el espejo de una camioneta estacionada junto a la vereda mientras yo me ubico en mi lugar. Me llama pero apenas la oigo; me hace señas con un lento movimiento chinesco porque hoy Carlota es una dama oriental, con palillos cruzados sujetándole el pelo. Yo soy un samurai en sábanas blancas, mis ojos delineados lagrimean. No debo pestañear, no podré moverme hasta que algún peatón tire una moneda en el sombrerito a nuestros pies.

Calambre en todo el cuerpo, estoy al borde de perder el latido, pero caen pesos de bronce y la reina china sonríe y cambia de posición, y el pequeño samurai que soy se inclina por el dolor en la espalda, se retuerce. Otra vez, minutos que se vuelven horas. Otra vez el perfil de la bandada allá arriba y hormigas en los pies.

Ya queda menos.

Al final de la tarde guardaremos todo en una maleta, la dejaremos en el almacén del frente, y la micro nos cruzará al otro lado de la ciudad. Yo podré moverme mientras sueño.

*

Los bichos se han ido. Ya no gotea la nariz de mi hermana. Mis dedos han perdido el olor de su ombligo, y de sus orejas,
Ráscame Cucho.
Había olvidado sus carcajadas de ave clueca,
Ja ja ja. Ja. Ja ja, ja.
Me hago eco de su risa: su *ja* tiene un doble exacto en mi garganta.
No volveremos a la feria, no habrá otra sesión de calambres. Carlota sacó las cuentas, y ya nos alcanza para la botella de vino: el regalo que le haremos a nuestros padres para su aniversario.
Ja ja, ja. Ja.
Nos vamos ligero hacia la botillería de Luis, mi tocayo: es muy delgado y colecciona canarios. Muertos, embalsamados, alineados en jaulas. Cientos de canarios, amarillos todos pero de distintos tonos. Alguno con una veta naranja. Él mismo los caza con su triángulo de madera y una huincha elástica: puntería de piedra.
Carlota lo ha visto, Carlota todo lo sabe. Carlota dice,
Es un viejo verde.
No le veo arrugas ni pelo blanco, ni frente desde las cejas hasta la nuca. Más bien tiene una cabeza de mucho pelo, un rostro de mucha ceja, mucha pestaña, hay pelo suyo hasta en los dorsos de sus manos. Todavía va a la escuela, creo yo. Y es muy pálido, pero se sonroja cuando mi hermana pasa por delante de la vitrina con su vestido corto.
Esta tarde hay nubes en el cielo violeta, y ella lleva puesto ese vestido a medio muslo. Mi hermana es de pier-

nas cortas y blandas, como almohadas en las que quiero acurrucarme. Carlota no me deja porque mi cabeza pelopincho la rasguña.

Su vestido a medio muslo le queda lindo.

Yo no sé si es por sus piernas que los hombres necesitan decirle cosas al oído. Ella aprieta mi mano y me tira hacia adelante.

No puedo seguirle el paso por las veredas pero ya veo a lo lejos la botillería.

La veo cerca.

Veo a Luis enrojecer cuando entramos. Los ojos rojos de Luis en las piernas de almohada de mi hermana mayor.

*

Dice, Luis: ¿Y para qué quiere la botella?

Carlota dice: Tenemos un convite.

¿Un convite?

Carlota: Es el aniversario de nuestros padres.

Luis: Que vengan ellos a buscarla.

No pueden venir.

Que les den una carta firmada.

No pueden escribir, no saben firmar.

Luis insiste en que no. Se ve que no nos cree.

Ese vino es dulce como jarabe para la tos, no es vino de padres y ustedes son menores.

A Carlota le vendrá un ataque de bichos si Luis se sigue negando. Y a Carlota se le caen los mocos, se los seca con el borde de su vestido dejando a la vista sus piernas enteras y sus calzones.

Luis abre una de sus jaulas y acaricia un canario sin mirarnos, como si estuviera meditando qué hacer con Carlota.

Se saca un pañuelo del bolsillo y se lo extiende diciéndole algo al oído. Mi hermana sube y baja la cabeza, deja de sonarse, ordena que me dé vuelta y me concentre en la vitrina, Cuenta los pájaros, Cucho.

Luis baja las persianas de la botillería y cierra la puerta. Oigo ruidos de canarios muertos aleteando en un palomar cercano, oigo a mi hermana aúllar como perro perdido en la plaza. No me atrevo a mirar atrás, nomás cuento pájaros de tres en tres, porque son esos los números que conozco.

Sé que está detrás de mí porque huele a su ombligo. Mi hermana me da un golpecito en la cabeza y al menos ya no llora. Está pálida, tiene el pelo desmadejado y no sonríe pese a que lo ha conseguido: me entrega un pesado paquete de papel café.

Su voz quebrada, su sudor de fiebre,

Llévala tú y cuidado, no te tropieces.

*

Yo nunca he ido a la escuela porque soy chico y un poco tonto.

Mientras le lavo el ombligo, mi hermana Carlota dice que quizá pueda ir algún día pero que quizá no me valga la pena, que no sirve para nada y que para esa nada ya va ella cargando un bolsón. Que yo puedo dedicarme a dormir, a jugar, a ejercitarme en mis piruetas.

Dice:

Tú vas a trabajar en el circo, y cuando ganes un sueldo me comprarás un vestido nuevo y zapatos de charol. Estos empiezan a quedarme chicos.

La imagino tan linda con mi regalo puesto.

Me gusta pensar que trabajará conmigo bajo la carpa, de equilibrista, de payasa, o maestra de ceremonia en nuestro circo itinerante. No me atrevo a viajar sin ella, a comer sin ella, a dormir sin Carlota. Preferiría que no fuera a la escuela sin mí.

Hago preguntas, hay cosas que no entiendo.

Ráscame la espalda, mejor será.

Tenemos el vino, una botella etiquetada, oscura y grande; tenemos la botella y su corcho y unos chicles que hacen globos sonoros, y papas fritas en una bolsa pero todavía tenemos las mismas monedas de antes.

Carlota responde que esa plata es para las flores.

*

El tomo grande que yo cargo es un atlas de la ciudad.

Cada pocas cuadras Carlota se detiene, deja el canasto en el suelo y me lo pide. Me inclino hacia adelante, ella apoya el atlas en mi espalda y lo hojea cuidadosamente pronunciando nombres raros, difíciles de recordar. Hay un mundo por ver, dice Carlota, pero hay asimismo zonas de la ciudad que jamás hemos visitado y yo intento guardarlo todo en mi cabeza, las fotos de esos lugares y las explicaciones de mi hermana. Que el palacio de la moneda no es redondo. Que en la Plaza Italia no venden tallarines. Que el río Mapocho tiene pinta de acequia. Que en la Avenida La Paz no se firmó ningún acuerdo de guerra.

Vamos para allá.

Carlota cierra el libro y me lo entrega para que yo lo cargue.

Cruzamos una ancha y ventosa avenida: los autos pasan veloces despeinando a mi hermana y levantándole el vestido. Mi pelo tieso no se agita pero caen hojas muertas sobre mi cabeza.

Se nos vienen encima los mendigos, hombres de ropa hecha tiras, de uñas sucias como las mías. Extienden las manos y mi hermana dice,

No, no, no y no.

Dice también,

Déjennos tranquilos, no nos queda ni un peso.

Sale corriendo, y yo equilibro el libro de los mapas intentando alcanzarla sin que me atropellen los autos. Me tocan la bocina como si no los hubiera visto. Que tan tonto no soy, pero no se los digo.

*

No está oscuro pero ya distinguimos estrellas sobre nuestras cabezas.

Lunicio de noche, como solsticio de tarde.

El lugar de nuestra celebración está cerrado, una cadena gruesa da varias vueltas enlazando las puertas de fierro terminadas en punta. Carlota se echa a llorar. Deja el canasto en el suelo y se suena con las palmas, las limpia en su vestido.

Qué vamos a hacer.

Yo gesticulo y me comprimo entre los fierros y aunque mi cabeza es más grande que mi cuerpo logro pasar entero al otro lado. Carlota no: su cuerpo es demasiado grande, los huesos de la cadera se le quedan atrapados entre los barrotes y la cabeza amoratándose hasta que desiste.

Patea el suelo, lo patea y escupe. Espero a que se canse y le señalo hacia arriba. Ella aporrea los fierros pero por fin se decide: comienza a trepar mientras yo alcanzo el canasto:

agarro la botella de vino con la etiqueta azul, las papas fritas molidas en la bolsa y los chicles, y poco más, las flores, y la pongo en mi lado, a los pies de la reja. Entonces oigo que aúlla: su vestido se enganchó en una punta y Carlota está colgando de la reja; yo aúllo con ella viendo que la tela empieza a rasgarse. Carlota alcanza el barrote y hace una pirueta en el aire, una vuelta de carnero mostrándome sus calzones. Cae parada junto a mí y tiritando.

Aplaudo.

Hago una venia.

Ella me pone un coscacho en la cabeza.

*

Ahora sí el cielo se tragó la luz. Ahora sí me da un poco de susto, porque paseamos entre enormes cruces, planchas de cemento con letras que no sé leer, ramos enormes de flores. Buscamos el sitio entre unas casitas de nuestro tamaño, blancas, grises, marmóreas, y cabezas de piedra muerta guillotinadas sobre el suelo. Un ratón entre los rostros tiesos que Carlota no detecta y para qué quiero asustarla.

Igual grita,

Cucho, Cucho, es aquí.

Me paro detrás de mi hermana y observo la foto que cuelga como un pendiente en la cruz blanca. Otra vez bichos en su nariz. Le alcanzo un pedacito de servilleta que he encontrado doblada dentro de mi bolsillo.

Pregunta,

¿Te acuerdas de ellos?

Yo la miro, yo nunca digo nada.

Ella continúa,

Es mejor así.

Algo más agrega, pero yo solo me fijo en los calzones que me muestra cuando se agacha a tomar la botella de vino. La luna es un pedazo de uña recortada en el cielo. Mi hermana llora de alegría, esta noche. Mi hermana es verdaderamente feliz.

Abre las papas mientras yo intento descorchar esta botella, dice, y dice algo más sobre el olvido del sacacorchos pero yo solo le presto oído al quebradero de vidrios. Carlota ha reventado el gollete contra el borde de cemento, y se chorrea las manos de vino.

Ven Cucho, ven a tomar un sorbito de este pajarete que tanto les gusta.

Tengo la boca llena de fritura y de chicle, pero me trago todo para acompañarla. Vino claro y dulce, jarabe para una tos que yo no tengo.

Ellos habrían estado de aniversario. A nosotros nos toca celebrarlo, dice Carlota con las mejillas coloreadas por la bebida. Se ríe, y yo con ella, contagiado con su alegre cacareo,

Ja ja ja, ja ja.

Me abraza empapándome de vino y besos.

Acabamos la botella regando el concho sobre sus nombres.

Todo da vueltas mientras bailamos sobre sus tumbas.

Que no venga el sol a echarnos, ni los pájaros negros.

FUNCIÓN TRIPLE

BAJO SÁBANAS GASTADAS compartimos el frío de la noche y del amanecer. Las frazadas son insuficientes para abrigar nuestras niñeces desnudas; nos apegamos formando caparazones, hundiendo unas rodillas en las corvas de la otra y de la otra; nuestros ombligos quedan sellados por la espalda, nuestros pechos planos se pegan a los omóplatos. De la otra. Y turnamos posiciones para no enfriarnos; cada tanto, la primera pasa al último lugar.

El pensamiento se nos vuelve promiscuo: aunamos incluso las imágenes de los sueños hasta fundirlos en uno solo donde vemos a nuestra madre acercándose vestida en su traje a lunares, apretando en su puño derecho una bolsa llena de agua con tres huevos blancos dentro.

Qué bonita nuestra madre, pensamos en simultáneo al despertar.

Qué bonita, con sus labios delineados y sus largas pestañas decorándole los ojos.

Qué bonita, y vamos bostezando la hija primera, la gemela y la trilliza.

Nos quedamos en silencio, acariciando su recuerdo con las palmas abiertas sobre la piel suave de alguna de nosotras o de las tres. Nos quedamos en silencio contemplando el aparato de televisión que hace años no funciona y las cintas que conservan a nuestra madre en su interior, pronunciando parlamentos que ya no podremos escuchar.

¿A quién le toca hoy?

Tiramos atrás las frazadas, las sábanas. Nos echamos sobre la cama, nuestros vellos blancos relucientes sobre la piel traslúcida:

¿A quién le toca?, repetimos.

Cada una señala a las otras dos con un dedo tieso.

Te toca a ti, sugerimos, como mirándonos al espejo.

A quién, a quién, a quién.

Reímos ante la visión siempre sorprendente de nuestro parecido. Somos una triplicada; una con rizos albos y cejas canas; tres de mirada incolora.

¿Me toca?

¡Te toca!

Nuestros movimientos se alternan: nos levantamos y nos dejamos caer sobre las demás, nos trenzamos en un nudo y volvemos a pararnos para agarrar los almohadones aureolados de saliva, para arrojarlos con fuerza y marcar moretones en pantorrillas, muslos, brazos desnudos e indefensos.

Agotadas por el esfuerzo, sudorosas, continuamos intentando definir quién deberá realizar hoy el acto.

Tú eres la segunda, a ti te toca.

No es cierto, yo salí tercera; soy la por minutos menor.

Serás tú, la primogénita.

No estoy segura pero no me incordiaría ser nuestra madre hoy.

No, no, echémoslo a la suerte.

Y hacemos una ronda sobre el colchón, nos sentamos con las piernas abiertas uniendo los extremos de los pies en un hexágono. Cada mano izquierda se cierra en un puño y se esconde tras la nuca antes de revelarse.

Caaaa-chiiii-pún, gritamos las tres.

Las manos muestran tijera contra piedra (dedos puntiagudos golpeándose contra un puño): uno a cero. La segunda vez es papel contra tijera (palma abierta rebanada por otros dedos): empate. Papel enfrentado a piedra (la mano envolviendo un puño): dos a uno.

La que queda invicta llevará el acto adelante. A ella proclamamos madre, madrecita cachipún; la empujamos hacia el borde de la cama hasta que cae de rodillas sobre el suelo. De reojo la vemos recogerse a sí misma y avanzar hacia el ropero. Alcanza las manillas y tira con fuerza. Una suciedad añeja a perfume se espolvorea sobre sus rizos pálidos, sobre las pestañas y la punta de la nariz: queda maquillada.

Comienza la función.

Las espectadoras aplaudimos viéndola transformarse en nuestro recuerdo.

Escoge el vestido negro a lunares, lo descuelga. Empinándose abre el primer cajón, revuelve, elige un par de medias con un punto corrido pero frenado a tiempo con una gota de esmalte ya reseco. Elije un par de zapatos y se trepa sobre los tacones de aguja.

Arriba niñas remolonas, susurra intentando dar con un tono materno. Venid a ayudar a vuestra madre.

Saltamos de la cama. Nos ponemos una a cada lado; le servimos de apoyo para que camine segura sobre sus elegantes zapatos blancos de charol.

Es hora de salir, dice, dubitativa. A tomar aire, dice, adquiriendo convicción y alargando los labios suelta un modulado ¿estáis listas?, ¿os habéis lavado los dientes y el rostro con agua y mucho jabón?

Nuestra madre nos quiere muy limpias. Olorosas.

Sí, sí, madrecita, mentimos, dichosas.

Sí, sí, repite ella, traicionada por la costumbre de asentir con nosotras, al unísono.

Nos tomamos de sus codos para sobar su antebrazo y enredarnos entre sus dedos. Así salimos por la puerta hacia el jardín. El rocío es una delicada alfombra que cuatro pies descalzos destruyen al pisar la hierba. La brisa matutina eriza y endurece nuestros minúsculos pezones. Deseamos rascarnos, frotarnos el cuerpo como hacemos cuando no está nuestra madre. Nos contenemos.

Madre, susurramos a dúo. Solicitamos permiso para soltarnos de su mano.

¿Qué sucede? ¿Qué os inquieta?

La bestia ha desaparecido, ya no está junto a la fuente. No la vemos entre las petunias, agregamos, una de nosotras enterrándose una uña en el ombligo.

¡Vamos a buscarla!

La trilliza da un brinco, olvidada del rol que encarna esta madrugada. Se tambalea en sus tacos, sus tobillos se enredan en el ruedo del vestido y cae enrollada en su traje.

Nunca serás ella, nunca serás como nuestra madrecita, pensamos la gemela y yo, sin desesperar. La golpeamos por mala madre, por madre embustera, por abandonarnos le tiramos las mechas blancas de la nuca hasta que grita lamentándose de su estridente fracaso.

Convertida otra vez en la menor de nosotras deberá volver a la habitación, remendar el vestido de seda, cubrir los zapatos de betún, sacarles lustre con la escobilla.

Todo eso lo hará más tarde: la bestia se ha extraviado y hay que encontrarla de inmediato. Hermanadas otra vez, emprendemos esa tarea: recuperar a la bestia que nuestra madre nos dejó.

Nos dividimos el jardín. Damos voces.

Beeestiaaaa, ¿por dónde pastas?

Pero nuestra bestia no muge en respuesta a nuestro aullido, no da coces ni pista alguna para hallarla. Se camufla en la verdura del jardín.

Aquí, aquí. La trilliza se fatiga llamándonos. Bajo el follaje.

Nos acercamos corriendo. Me empino sobre su hombro trillizo y la gemela se empina sobre el mío. Las tres aplaudimos al descubrir los tres huevos blancos que ha puesto la bestia de nuestra tortuga.

¡Es madre! ¡Es madre!

La gemela y la trilliza gritan exultantes y yo me sumo, con entusiasmo, repitiendo sí, sí, sí, es madre y será más madre cuando los huevos se rompan y asomen sus hijas.

¡Está viva! Decimos secretamente sorprendidas. ¡No ha fallecido al parir! Y nos quedamos pensando si los huevos se pueden parir. Si desovar es lo mismo que dar a luz. Esa es la pregunta que no sabemos contestar pero repetimos con entusiasmo que no ha fallecido, que ahí están los huevos y ahí la bestia, respirando impasible.

Tomamos un huevo, uno cada una, y lo entibiamos en nuestras manos. Comparamos las blancuras: la del calcio es grisácea, densa, incorruptible; la de piel es de una palidez rosa. La gemela me cede su huevo por un momento y sin dar explicaciones corre tropezona, se mete por la puerta y regresa cargada de mantas viejas y colchas demasiado zurcidas que han alimentado polillas durante años, pese a la naftalina. Las arremolina sobre el pasto y, creyendo que hemos comprendido, nos sonríe. Depositamos los tres huevos en el nido para que ella y nosotras los empollemos.

Nos frotamos la panza y reímos despacito pero pronto nos reímos a carcajadas y no nos detenemos hasta que sentimos el crujido y se nos mojan los muslos con las yemas y las claras de nuestros huevos rotos.

Hemos despertado rodeadas de gritos.

Esta noche, entre sueños, se nos repitió la película: nuestra madre nos mira con enormes ojos grises, con el mismo cabello blanco y ensortijado que hemos heredado; nuestra madre es una mujer hermosa hasta que abre la boca inmensa, desdentada, y chilla como una recién nacida. Llora apretando la bolsa de agua hasta que quiebra los huevos y derrama el contenido gelatinoso sobre su cabeza. La yema se escurre sobre su rostro. Eso es lo que ha sucedido, lo que no necesitamos relatarnos cuando abrimos los ojos.

Salta una voz.

¿A quién le toca hoy?

Se nos olvida de inmediato la mala noche. Se nos olvida mientras cantamos ca-chi-pún con los dedos abiertos en tijera, puños de piedra, manos de papel. La gemela gana esta vez. Que se levante. Que se vista de madre.

La trilliza y yo nos besaremos los pechos, mordisquearemos nuestros pezones buscando en vano el desayuno. Aplaudiremos cuando la veamos en su vestido a lunares, lista para salir con nosotras a la calle.

La gemela palmea. Se ha subido a los tacones. Ha maquillado sus labios con un lápiz rojo y nosotras nos quejamos de hambre.

Callaos la boca, ordena, saldremos a pasear, compraremos pasteles.

Saltamos de la cama, abrigamos nuestras niñeces desnudas con chalecos y calcetas de lana, con faldas hilachentas. Nos peinamos las mechas con los dedos, aseamos nuestros dientes con las uñas, y las encías con el borde de nuestras mangas. Corremos hacia ella, tomamos sus manos y le escuchamos ordenar con una altanería cómplice, previamente acordada:

Buscad, tugad. La señora tortuga tiene para vosotras un nuevo acertijo que debéis descifrar. Le han quitado sus huevos, se los han destrozado. Está sola y se esconde pero ya no le será tan fácil permanecer oculta. Ahora tiene una caparazón amarilla, roja, verde, azul. .

Sí, madre, decimos. Nosotras mismas la pintamos para consolarla tras la pérdida de sus hijas.

Producimos pañuelos de papel y nos sonamos la nariz sin perder sincronía. Nos secamos los ojos llenos de culpa y recordamos lo que aprendimos al nacer: o las hijas o las madres.

Nosotras ya hemos elegido.

¿Bestia, por dónde andas?

Vamos golpeando el suelo con largos listones. Buscamos, tugamos a la bestia. La bestia sin huevos no aparece. Corremos por el jardín levantando ramas caídas, rompiendo hojas otoñales, pisando el delicado pétalo de las petunias amarillas. Nuestra madre nos azuza, nos sigue, buscad, tugad, equilibrándose penosamente sobre los tacones de su autoridad. Sus estiletes se hunden en un lodazal. Su agudo grito al caer de costado sobre la tierra húmeda nos conmociona. Ha fallado, ha perdido su oportunidad, lo sabemos, pero yo la eximo de la golpiza que debería caer sobre sus piernas y la perdona también la tercera de nosotras.

Comprendo que pronto será mi turno; me estremezco de felicidad y en ese instante percibo un ligero movimiento.

¡En el follaje!, apunto, con la jerarquía traspuesta. ¡Allá!

Nos deslizamos hacia un cúmulo de hojas bajo un tronco. Escuchamos nuestro griterío mientras hacemos crujir las ramas y las hacemos volar; somos una tríada frenética destapando a la tortuga que yace sobre su caparazón de colores, dada vuelta, con el vientre abierto lleno de hormigas que recorren su carne envenenada por la pintura. Se escurren entre nuestros pies descalzos hacia su cueva en la tierra húmeda.

Hijas.

Las despierto ya enfundada en mi traje raído, de seda, mi largo traje a lunares. Esta mañana me he levantado antes que ellas, me he anticipado al cachipún evitando que el azar intervenga: es el turno de la primogénita, es mi turno, a mí me toca.

Me maquillo las mejillas, deslizo la barra roja sobre los labios. Perforo mis orejas con las argollas doradas que lleva nuestra madre en sus retratos. Me muerdo los labios para que no se me escape la agudeza del dolor y reservo mi grito para convocarlas.

¡Niñas!

Mis mellizas dejan de jugar bajo las sábanas, asoman las cabezas, me miran. La saliva de la trilliza brilla en su comisura.

¿Madre?, exclaman frotándose los párpados.

¿Están limpias?, ¿están listas para salir?, pregunto olvidada del habla afectada de nuestra madre en la pantalla. Quiero decir, digo, ¿estáis?, ¿estáis limpias y listas?

Nos hemos lavado prolijamente, responden mintiendo como hijas, y mienten al decir que se han cepillado los dientes.

¿Habéis sobado vuestros cuerpos con loción?; ¿estáis suaves, mis niñas?, pregunto mientras termino de aplicarme yo la crema que queda.

¿Queréis salir?

Sí, sí, ¡salir!, responden a la vez, mientras yo admiro la perfecta belleza de mis hijas. Pienso que somos una sola, que sería incapaz de vivir sin ellas.

¡Les tengo una sorpresa!, anuncio sabiendo que se pondrán felices.

¡Sorpresa! ¡Sorpresa!

Palpo eso que he encontrado por azar entre los desperdicios del ropero, envuelto en una bolsa, eso que no sé cómo llamar, sorpresa, libro, fotografías, recortes, pero mientras lo pienso, mis hijas, que no piensan conmigo como antes, me arrebatan la cartera para liberar mis dedos y enredan los suyos entre los míos.

Nos encaminamos hacia el patio: la gemela a la izquierda, la trilliza a la derecha. Al cruzar la puerta comienzo a sentir que se me tuercen la tripas, que algo palpita con fuerza ahí, adentro, abajo. Mis órganos estremecidos están despertando al llamado de la maternidad. Me tomo el vientre plano con ambas manos. Un espasmo atenaza mi cintura pero ellas me sostienen; ellas, tomadas de mis codos, me acompañan descalzas y solo me sueltan cuando llegamos a la caparazón hueca, roja, azul, verde, amarilla, que es donde enterramos los huevos. La colorida caparazón a apenas unos pasos de nuestra madre, depositada hace tanto bajo una cruz de ramas.

Me tiendo sobre el césped húmedo. Abro la cartera, ellas abren los ojos muy grandes mientras voy sacando la sorpresa de la bolsa.

¡Sorpresa!, ¡sorpresa!, exclaman mis hijas aplaudiendo, y juntas vamos pasando las páginas con fotos y recortes de diarios donde vive nuestra madre. Nuestra madre a la que tanto nos vamos pareciendo. Nuestra madre con el vestido a lunares que ahora yo llevo puesto.

Me aprieto la barriga porque me asalta el dolor, pero invoco con ellas un madre nuestra, que estás bajo la tierra, tratando de no gemir, concentrándome en las páginas y en las fotos que se despliegan ante nosotras.

Ella: una niña muy pálida disfrazada de mujer.

Ella en un traje translúcido de comunión.

Ella muy delgada posando para su última película, con la bolsa de agua y dentro, los huevos blancos.

Ella, de perfil, con una panza enorme y el rostro ajeno.

Los espasmos se hacen más intensos, en los cielos, madre nuestra, madre, ¡madre!, y yo rompo a sudar. Se me quiebra la voz y dejo de invocarla porque no puedo repetir estas palabras sino a gritos. Mi cuerpo se contrae y afloja, se contrae. Sé que voy a perder como hemos perdido todas, pero ya no me importa: mi cuerpo me estruja por dentro y no las distingo, no las siento, solo escucho el rumor quebradizo de las hojas y exclamaciones suyas que se enredan con las mías.

¡Madreeeee!

Levanto el borde de mi vestido empapado y separo las piernas. La brisa es un alivio. Me apoyo en los codos y con la cabeza hacia atrás les ordeno, sin entender lo que digo, que se acerquen más a mí, a nuestra madre.

Sí, sí, oigo que balbucean con una voz más pequeña, cada vez más rota.

Gatean hacia mí, sus cabezas se posan en el lugar que les señalo y son sus dedos los que quitan mis calzones, sus dedos o los míos los que separan los pliegues palpitantes de la piel. La gemela llora, la trilliza ríe a gritos destemplados y hay miedo dentro de mí, miedo fuera de mí cuando las oigo exclamar ¡eres ella!, ¡nuestra madre!, mientras presionan sus cabezas entre mis muslos.

Pujad, aúllo sin saber quién habla. Pujad, pujad con más fuerza.

Aprieto los ojos y veo que nuestra madre me observa con su rostro fotográfico, a contraluz en la oscuridad de los párpados; la veo moverse en la pantalla de nuestra memoria inventada, ofreciéndome, ofreciéndonos, tres huevos intactos que extrae de su bolsa. Nuestra madre hace aparecer un cuchillo y algo nos dice, impostando su voz pegajosa de película doblada, su voz que se extingue.

¡Pujad más fuerte! ¡Ahora!

Nuestras piernas se tensan, nuestros pequeños pies talonean el suelo hasta arrancar el pasto y resbalar, pero damos otro empujón, otro y otro, y nuestros cráneos empiezan a abrirse paso hacia el interior. Es el roce de los escasos cabellos que nos quedan en el borde que se ensancha, que se rasga mientras nuestra madre nos llama con susurros inaudibles, y yo digo, decimos, tú, ella, nosotras, y nos derramamos en algún lugar, líquidas, llorosas pero sin pesar, sin miedo alguno ya, porque aún no entendemos la tristeza ni conocemos la soledad.

DOBLE DE CUERPO

ÉRAMOS UNA O ACASO DOS, pero ella, la otra, se había restado de nosotras.

Llevaba años dormida con la cabeza inclinada sobre un hombro, los ojos de su cara abiertos y cerrados, babeando a veces y roncando mientras yo permanecía insomne, velando por ambas o apenas por mí.

Amortiguaba la ansiedad de la vigilia haciendo lentas rondas por nuestra casa. Escaleras arriba remolcaba nuestras piernas y las empujaba después por el corredor: mi derecha arrastraba su izquierda (o la mía) que se dejaba caer vuelta un martillo sobre el parqué.

Nos deslizábamos así por la casa, abrillantándola con piernas que no eran, como nosotras, dos: entre mi derecha y su izquierda se encontraba una tercera extremidad. El tercer empeine, envuelto en una gasa y vuelto hacia atrás, atrapaba las pelusas y los mechones de pelo que soltaba mi cabeza (y la suya). La uña del dedo más grueso iba dejando una larga huella sobre el suelo polvoriento.

Yo avivaba ese pie, ese muslo torpe, antes de acarrearnos escaleras abajo; intentaba evitar nuestra caída, pero ella, la doble de mí, no se percataba de mis esfuerzos sobrehumanos. Dormía como si su única vida fuera la noche, y la mía, el limbo de una empecinada lucidez.

Éramos dos, a veces tenía que recordármelo: dos, unidas por un pie plano, el hueso de una cadera, un antiguo accidente. Y aunque corría por nosotras una misma tibieza, yo, junto a ella, me quedaba fría, me sentía sola, muy sola y extenuada por el peso mortal de su narcolepsia y el estrépito nocturno de su nariz.

Si quería (o queríamos) salir adelante, yo iba a tener que remediar su desperfecto, remediarlo pronto, porque su deficiencia me recordaba el empujón, mío, el tropiezo suyo, la caída nuestra y la pedrada que le di.

Yo ya había cumplido mi penitencia, pensé: nuestra vida me fatigaba y mi energía, antes atómica, estaba consumiéndose.

Rehabilitarla, entonces.

Despertarla en defensa propia: para eso busqué cómplices en una anticuada guía de teléfonos y en unas llamadas tan interminables como su sueño.

Con mi consentimiento firmado (y su tácito permiso) entramos de madrugada al quirófano. Nos tendimos o nos tendieron sobre dos camillas afirmadas una contra la otra.

No nos ajustaron bolsas de suero, no nos sedaron. A ella no le hacía falta, seguía roncando.

Y no me haría falta tampoco a mí: yo presenciaría la operación. Eso dije, en voz alta. Y los médicos se sonrieron sin mirarme, sin comprometerse mientras levantaban el párpado de su ojo muerto para descubrir su pupila dilatada, nuestro escuálido iris celeste. Sonrieron mientras hacían saltar el ojo desde la órbita y lo dejaban colgando como de un cable suelto.

Aparecieron las tijeras, nos fuimos a negro.

Y desaparecieron ellos y sus sonrisas, ella y yo.

Y supe, después, que no atornillaron en su cuenca una bola de cristal, sino una pantalla diminuta y azulada. Que le plantaron una antena microscópica donde antes hubo una oreja. Que le insertaron una mandíbula, dientes de acero, y que siguiendo el diseño de alguna lumbrera artificial la abrieron de arriba abajo respetando solo el pequeño botón del deseo: para ese pedazo no habían contemplado un repuesto.

Se abrieron paso por las costillas: conectaron su pulmón a milimétricas ventosas que asomaban por la piel, y la vejiga, y el intestino, a pequeñas bolsas suplentes.

Inundaron el páncreas de células reconvertidas y le enchufaron un marcapasos de última generación.

Los números del tiempo cambiaban sobre el muro mientras entraba un equipo mutante de cirujanos y de técnicos y salía otro, de técnicos y especialistas; en ese trasvasije de horas y de expertos no tuvimos noción de los inoxidables mecanismos que le ensamblaron a mi doble.

Porque éramos una, todavía, o lo habíamos sido hasta entonces.

Sentí que se encendía la luz: estaban activando sus mecanismos. Pude verla en ese instante, a ella que ya no era yo: unos técnicos estaban aprovechando para silenciarle el estridente tabique, otros le rellenaban los labios y los pómulos y prestaban atención a la opinión de los asistentes que insistían en levantarle las tetas. Que se viera que ellos habían estado ahí, en cada tejido, en cada fibra: estar para siempre en la memoria de su cuerpo. El de ella.

Quise oponerme.

Levanté un brazo, estiré un dedo demasiado humano y lo empuñé en un acto reflejo, como si pudiera convertir el aire en piedra y arrojárselos. Pero ni siquiera alcancé a imaginar que los atacaba: me cubrieron la boca con la mascarilla y me llenaron de gas sedante para evitar, dijeron, los posibles cortocircuitos de nuestra convalecencia.

Tranquilas, sugirieron o susurraron, y nos fundimos plácidas, las dos, en un sopor anestésico: nos dimos la mano y nos perdimos por un paisaje alucinado, lleno de hermanas pareadas, de muchachos marchando juntos y separados por relucientes campos de radiación.

Rodeado de cirujanos, el apuntador recorría sistemas vasculares, flujos sanguíneos, conexiones eléctricas ya repuestas.

Eso fue lo que vimos cuando por fin salimos de la modorra (tan dilatada la suya, tan breve la mía). Eso fue lo que sentimos: que nos despegaban los electrodos mientras nos decían que la reactivación de su cerebro había sido un éxito biotrónico.

Fueron esas sus exactas palabras: a partir de entonces sus órganos se comunicarían entre sí por vías de cobre, y conmigo, o con los míos, a través de un aparato inalámbrico: un control remoto potenciado por baterías recargables que me entregaron como premio de consuelo, envuelto en papel de aluminio floreado.

Ya no éramos las mismas, no.
Ella era entera titanio, acero, cables de cobre, tubos plásticos, silicona fluorescente.
Ella: ese olor sintético que no activaba nada en mi memoria ni en la suya.
Y yo no podía olvidar que alguna vez lo habíamos compartido todo: células humanas, neuronas, hemoglobina, la intimidad de una placenta. No olvidaba que nos habíamos alegrado de sobrevivir, en el parto, las dos, a nuestra madre.
Haber sido inseparables e iguales. Seguir pegadas, pero distintas.
Tener, ahora, tan poco en común: apenas una historia.

Tan poco o nada al levantarnos por la mañana (ella sorprendida de despertar, yo maldiciendo mis irradiantes pesadillas).
Nada en común al lavarnos, en la ducha, cada una lo suyo, y constatar que su desnudez se había vuelto impermeable.
Nada compartido al andar, por más que nos moviéramos propulsadas por el litio de su pierna prostética. (Nos habían extirpado la tercera pierna, qué falta nos hacía).
Y menos que nada teníamos en común cuando nos sentábamos a comer con cuatro cubiertos: ella observándome, curiosa, parodiando mi movimiento, guiñándome alucina-

da por el mero hecho de guiñar su ojo biónico al tiempo que se llevaba a la boca su propio tenedor. Masticaba con descuido, dejaba que la comida chorreara por su comisura y se relamía con soberbia. Se enterraba el cuchillo jactándose de que no le dolía y luego lo empuñaba entre nosotras.

El control remoto seguía sin embargo en mi poder. Bajo mi mano, sobre la mesa.

Acariciando el *off* con la yema de mi índice y mirándola fijo me asomé por un instante a nuestros nueve años que ya sumaban dieciocho. Me remonté al pícnic en el jardín de arbustos radiactivos, a la carrera que eché con o contra ella por el boscoso camino de vuelta al internado. Nuestras tres piernas en la difícil coordinación de los pasos, el buscado tropiezo, la piedra con que golpeé su cabeza aprovechando la caída. Me recordé pidiendo ayuda a gritos que nadie escuchó, porque nadie vino a verme llorar falsamente compungida. No apareció nadie a auxiliarnos: yo misma la arrastré (víctima, victimaria, viceversa) hasta la enfermería.

Un ojo le había quedado vago, el otro muerto. El tímpano rayado.

El cráneo hundido, el cuello chueco.

La nariz hecha sangre hasta la anemia o hasta la septicemia que casi la mató a ella (y a mí).

Volví a mirarla de reojo mientras ella deglutía con el apetito de una resucitada. No podría repetir el acto suicida de nuestra infancia. Nunca fueron buenas las réplicas: me lo dije pensando en la inadmisible repetición de la violencia, y me lo dije, además, aceptando que habíamos sido malas réplicas la una de la otra.

Olvidar la réplica, pasar a la replicación, me dije, jugando a trabar la lengua con esa nueva idea.

Y mientras me guardaba el control remoto en el bolsillo improvisé una sonrisa para ella. Acaricié su mejilla, tan tersa, y pasé mi mano de carne, piel y uñas mal cortadas por la brillante cabellera que cubría su cabeza redonda. Y ya sin verla supe que sonreía, sorprendida, pero sincronizada a mi gesto de reconciliación.

Cada noche su risa rodaba hasta el suelo y yo la recogía haciendo malabares con el brazo. Se la pegaba a los labios para ahorrarnos nuevas visitas a unos médicos que precedían sus arreglos con sesiones de desnudo. Eran fotografías de su cuerpo (a veces del mío) por las que no cobrábamos nunca. Pagábamos, en cambio, por cada consulta.

Pero yo desconfiaba de sus arreglos porque pronto fallaba algún dispositivo, alguna conexión, algún cable se gastaba o se rompía con asombrosa rapidez.

Me enseñé a reparar los pequeños desperfectos presionando los infinitos botones repartidos sobre mi control y por su anatomía.

Su cuerpo (tan nuevo, tan distinto al mío) empezaba a conmoverme como nunca lo había hecho el anterior. Ya no me enojaba remecerla por las mañanas, prepararnos el desayuno, escuchar sus lujuriosas carcajadas de niña hambrienta, entregarle la educación que yo había recibido en su ausencia. No me molestaba arrullarla y ponerla en pausa a la hora de dormir: observaba con emoción cómo su rostro perdía las arrugas que sostenían su sonrisa diurna. Y me entregaba también yo a la simetría artificial de nuestra silenciosa respiración, al paralelo de nuestras pulsaciones regidas, ahora, por un marcapasos, o acaso, por un desfibrilador.

Ya no éramos dobles sino dos: su alegría compensaba mi tristeza, su hambre mi inapetencia, su marcapaso, mi corazón avejentado. Su belleza mi fealdad. Y llegué a creer que complementarnos bastaría, pero a ella le resultaba insuficiente. ¿Y yo?, se quejó una tarde sombría, ¿quién será mi deseo cuando yo lo pierda, quién mi risa y mi salud? Qué será de mí, dijo, pelando parsimoniosa una naranja. Todo te ha sido fácil, insistió, separando la fruta en dos mitades desiguales en busca de los gajos más chicos, arracimados al interior.

Me echó una mirada hipnótica mientras se los llevaba a la boca, esos gajos diminutos.

Su ojo brillante.

Su mano dura sobre la mía me impidió apretar el *off*: se lanzó contra mí como máquina en celo; el control, comprendí, entregándome a ella, estaba perdido.

¿Es cierto?, susurré a modo de pregunta y ella, a modo de certeza, es cierto, mientras yo palpaba sus tetas más hinchadas que nunca. Había molestos cables sueltos brotando del pezón, haciendo saltar chispas, soltando corrientes de leche luminosa que habían generado, en mí, una intuición posatómica. Me asomé a su ojo digital para confirmar mi sospecha (su esperanza). Ya no estaba vacía, ella, ya no estaríamos solas. En su interior crecía una hija sonográfica, una hija casi humana que no podía ser suya ni podía ser mía. Era nuestra.

REPTIL

Dicen que desde la incubadora emití un siseo que inquietó a la enfermera.

Dicen que, al intentar sacarme, sintió el frío de una lengua prensil atrapando uno de sus dedos.

Dicen que llegó asustada a la habitación donde debía entregarme: rugosa y paticorta, yo había reptado hasta el cuello bordado de su delantal y arrancado un trocito de tela.

Dicen que mi madre no quiso amamantarme: mi lengua le gastaba el pezón. Eso dicen: que yo la hacía sangrar, que la dejaba malherida, que la lija en mi boca agrietaba y deshacía los chupetes de goma.

Dicen tantas cosas, mi madre, mi otra madre. Que todo era efecto de la radiación a la que habíamos sido expuestas, ellas y yo. Que no éramos las únicas, que había otros niños sorprendentes, otras niñas raras que no se curaban de su rareza.

Dicen, por aclarar, que yo no era una niña hambrienta. Era otra cosa, la mía; era que mi lengua se activaba ante el más mínimo roce con otra piel, con fundas, mantas, bolsas de plástico o la cáscara de un huevo, o ante la cercanía de un juguete cualquiera, un trencito metálico, una muñeca, un osito de peluche que también destruiría con mi lengua.

Dicen mis madres que a los doce yo había pulido uno a uno los muebles de mi habitación: desnudé mi cama de su pintura blanca y el secreter de su oscuro barniz pero me abstuve, obediente, de las escaleras que tenía prohibidas. Pronto descubrí que las maderas no sabían todas igual: eran blandas y sabrosas las molduras de cedro en tanto el roble de la estantería era desolador. Aprendí a vomitar los aglomerados que mi saliva degradaba porque la cola irritaba mis papilas.

Dicen que no trataron los males que mi lengua cogía en su impetuoso recorrido, a ver si espabilaba y me portaba como niña. Porque mi conducta estaba lejos de ser humana, dicen, levantando las cejas una, tosiendo secamente la otra. Y no, no me mandarían a la escuela mientras yo me las diera de reptil. Pero yo quería tanto salir de esa casa de persianas bajas a la que nunca venía nadie de visita. Quería tanto ir a la escuela en días de sol, reposar sobre una piedra con otras niñas alrededor. Eso me decía sin decirlo escuchándolas debatir. Que si prometía no arremeter contra los pupitres. Que si me dejaría tentar por la pizarra.

Que si nos denunciarían por las sillas cojas que causaban accidentes. Que si sembraría el terror en la sala de clases. Una empezaba susurrando su pregunta y la otra la terminaba levantando la voz.

Dicen asimismo que si reprendían mis modos reptilianos yo corría hacia mi pieza y me tiraba sobre el colchón raído y las sábanas rajadas que ellas ya no remendaban, y me entregaba a un berrinche que ellas no atendían: sospechaban que quería obligarlas a arrastrarse y pedir perdón. Dicen que una vez lloré por horas hasta sucumbir a una fiebre que me quemó el rostro e hizo arder mis orejas, y que en vez de dormirme derrotada por la temperatura vi la forma de vengarme de ellas. Áspera y enhiesta, mi lengua insomne se levantó hacia la fresca pared de las horas nocturnas y halló el borde del papel aflojado por la lluvia. Se introdujo ahí, salivando, profusa, y fue descascarando la pared, descubriendo las escamas del empapelado anterior. Era papel sobre papel sobre papel lo que fue pelando mi lengua hasta acariciar la piel del muro. Su calcio primitivo.

Dicen que desesperaron al encontrar las paredes desnudas, a la mañana siguiente. Que sintieron un odioso desasosiego al verme dormida pero sonriendo, los labios colorados, cuarteados por la destrucción. Dicen que en el más atroz de los silencios levantaron las pilas de papel como si fuera la membrana de una serpiente y barrieron las migas del pegamento y luego enderezaron, sujeto todavía al clavito de la pared, el opacado óvalo del espejo. Y dicen que salieron al jardín y discutieron qué hacer. Si poner un candado entre mis muelas (mi madre conocía ese dispositivo para adelgazar, pero la otra presintió que yo arrasaría con él) o si llevarme a un cirujano para que rebanara mi lengua de una vez, la lengua de su prolongado sufrimiento. (Pero dicen que mi madre se negó citando el cuento del dentista que, tras arrancarle la lengua a su enemigo, veía brotar del muñón una infinidad de vertiginosas lengüitas).

Dicen, ahora, que fue mi otra madre quien impuso la idea de mandarme a la escuela, como yo quería, para que fueran otros quienes se ocuparan de mí. Me compraron un jumper azul y una blusa blanca de poliéster y calcetines largos y zapatos negros de charol. Me arreglaron el pelo en un moño alto y me atravesaron aritos de plata en las orejas. Y me sentaron en la cocina y me dijeron que yo ya era una niña, una mujercita, un ser humano, que incluso era preciosa. Me tomaron una foto para que me viera, pero yo solo me fijé en mis rodillas flacas, asomadas en el ruedo del uniforme. Antes de salir me advirtieron (mi madre sollozaba cubriéndose los labios) que cerrara bien la boca si no quería meterme en problemas. Los problemas en que de inmediato me introduje, dicen, porque me bastó con poner un pie, una pierna, medio cuerpo dentro del aula, me bastó con responder al saludo de la maestra para que mi lengua se mostrara en toda su bífida longitud. La maestra palideció. Unas alumnas chillaron (¡iguana!, ¡lagarta!, ¡serpiente!, ¡demonio radioactivo!), otras corrieron al fondo de la sala y se taparon las orejas, otras arrugaron la nariz e intercambiaron sílabas cortopunzantes entre sí. Escupían y frotaban sus manos.

Dicen (lo insinúa mi madre, mi otra lo corrobora) que esperaron ansiosas esa tarde a que yo regresara. Dicen haberse convencido de que todo había ido bien porque no recibieron ningún llamado de la escuela, ninguna comunicación escrita, ninguna queja mía. Dicen que yo sonreía como encantada, con los labios cerrados, con ojos que sostenían el brillo singular de un oscuro regocijo. Mi madre sorprendida pero acostumbrada a desconfiar, me desnudó de inmediato para cerciorarse de que no trajera moretones bajo el uniforme; y no, no había golpes. No había herida alguna. No había cortes. Me abrazó y me entregó la caja de maquillaje que acababa de comprarme, para celebrar. Se sirvieron una copa de vino, las dos, brindaron las dos, se dispusieron a preparar la cena y por primera vez pusieron un puesto en la mesa para mí. Pero dicen que yo no tenía hambre. Dicen que me fui a la cama temprano y que ellas asimismo se fueron a dormir después de un whisky. Dicen que se abrazaron en la cama aliviadas de haber tomado la decisión correcta. Dicen que en medio de la noche despertaron de súbito las dos, que prendieron la luz a la vez, las dos, que se miraron con una inquietud que pronto fue angustia mientras confirmaban entre ellas que no, no, que esa tarde no habían revisado mi boca, no habían visto mi lengua, no habían oído mi voz.

Hojas de afeitar

Era lo que hacían ellos sobre sus rostros, con espuma, con una gruesa brocha de cerdas suaves, y mirándose al espejo para no cortarse. Pero también nosotras nos mirábamos en el tembloroso espejo del asombro, rasurándonos, las unas a las otras, durante el primer recreo de los lunes y el último de los jueves. Esperábamos a que se sintiera la aspereza sobre la piel para recomenzar el ritual que nos desnudaba de ese vello rasposo. No dejábamos ni un rastro de jabón en las axilas; y era tan perfecta nuestra obra, tan virtuosa nuestra mano, que pronto fuimos extendiendo el filo de la *gillette* por los brazos, por las pantorrillas y los muslos. Nos afeitábamos con la misma puntualidad con que llegábamos cada mañana a la reja de fierro coronada de puntas; exactas como el timbre que tocaba sin dulzura el dedo duro e insistente de la inspectora. Rasurar era un procedimiento tan matemático como el de copiarnos durante los exámenes de álgebra; las ecuaciones iban siendo resueltas y repetidas en un sonoro cuchicheo a oídos sordos de la vieja de ciencias. Pero no todas nuestras maestras eran tan ancianas ni oían tan mal. Había que proceder siempre entre señas y susurros, guardar para nosotras el secreto.

Nuestros cuerpos iban hinchándose de a poco, llenándose de bultos sorprendentes. Nos crecieron las tetas, se levantaron nuestros pezones con pelos alrededor que también eliminábamos con esmero. El pubis se nos había vuelto una madeja oscura que derramaba sangre, sin aviso pero sincronizadamente; esa sangre tenía un resabio metálico como el murmullo de nuestras voces, como ese laberinto que íbamos penetrando. Con entusiasmo solíamos empezar la tarea por el pelillo que se asomaba sobre los dedos de los pies; la *gillette* subía por los empeines desnudos vuelto un acerado calcetín, deslizándose por los muslos como una media, abriendo un surco de piel pálida en el espumoso jabón del baño; la filosa caricia se arrastraba por la ingle y después descendía fría desde el ombligo hacia abajo, y nos entraba una risa nerviosa que nos hacía temblar espiando el beso que imprimía en nuestros cuerpos la hoja de afeitar.

Una de nosotras resguardaba la puerta del baño, esa puerta negra al final de un largo corredor tras la espinosa rosaleda. Nuestra guardiana nos cubría cantando en voz alta el himno a la reina de Inglaterra, lo repetía cadenciosa hasta que veía a la inspectora en el fondo del pasillo, y entonces entonaba la canción nacional, para advertirnos, para distraer a la delgada inspectora que hinchaba el pecho al escuchar esa arenga patriótica y deformaba hacia delante los labios haciendo más visible la oscura línea de vello que alguna vez, soñábamos, afeitaríamos a la fuerza. Nuestra cómplice decía, ¡buenos días señorita! Alertadas, ahí dentro, nosotras ocultábamos las hojas de afeitar escuchando ¡buenos días hija!, en la voz de la sargenta, pero no se interrumpa, siga cantando, le recomendaba, y permanecía ahí un momento más, con los ojos cerrados, disfrutando. La inspectora partía como un sereno dormido en su ronda; el peligro siempre pasaba de largo y nosotras nos bajábamos del retrete, recuperábamos las hojas escondidas y entibiadas dentro de los calzones, nos levantábamos el jumper y continuábamos rapándonos, las unas a las otras. Detrás, los muros de azulejos blancos.

Tampoco las demás compañeras sospechaban, o quizá sí, pero disimulando. Nunca ninguna se nos acercó; ninguna osó aventurarse por nuestro baño. Era como si percibieran que ese territorio estaba marcado, cercado; como si de nuestras miradas emanara una sucia advertencia. Las dejábamos admirar de reojo nuestra evidente superioridad física, nuestras rodillas lustrosas y los calcetines a media pierna; observaban de lejos el modo obsesivo en que nosotras, en la esquina del patio de cemento, pelábamos membrillos. Porque eso hacíamos cuando no estábamos en el baño, pelar y pelar membrillos con nuestras pequeñas navajas de acero. Ejercitábamos nuestra habilidad manual despellejando esa fruta ácida, competíamos por lograr la monda más larga sin que se partiera, pero el grueso y opaco rizo que íbamos sacándole siempre se rompía. Nos consolábamos de ese fracaso lamiendo la pulpa que nos dejaba la lengua áspera y reíamos a carcajadas. Todavía nos estábamos riendo cuando sonaba el timbre y debíamos doblar la hoja metálica para regresar a clases. Guardábamos también las cáscaras rotas en una bolsa plástica, era un precioso desinfectante.

Era miércoles y ya estábamos inquietas. Sentadas en la última fila, en línea, nos rascábamos mutuamente. Qué picor cuando empezaba a salir el pelo, y desde que nos afeitábamos salía más, y más grueso. Nos dejábamos marcas blancas sobre la piel con las uñas, pero evitando hacer ninguna mueca de gusto o de dolor, sin dejar de fijar los ojos en el pizarrón donde la vieja de castellano explicaba las cláusulas subordinadas. Teníamos hojas nuevas y todavía quedaban quince minutos para el recreo, pero faltaba un día entero para el jueves. La impaciencia por regresar al baño empezaba a debilitarnos: se nos había ido adelgazando la voluntad, y en ese momento, en medio de una oración copulativa, en el instante más exasperado de nuestra picazón, se abrió la puerta y entró nuestra directora con la nueva estudiante. La clase entera se puso de pie y repitió un saludo unísono en inglés, y después escuchamos su nombre. Para nada nos fijamos, entonces, en las duras facciones de Pilar ni en sus ojos penetrantes; no nos llamó la atención su sorprendente estatura, la escualidez de esa desconocida agazapada como la muerte en el oscuro uniforme de poliéster. Solo nos desconcertaron sus pantorrillas tapadas de pelo. No vimos más que esa excitante maraña: toda una pelambrera virgen que nos erizó de asco y de alegría.

La brisa fría se colaba por las ventanas del invierno, nuestro último invierno, y Pilar estaba ahí, desafiante como una hoguera en un patio de viento. Solo quedaba un asiento libre, en la esquina de la primera fila y ahí iba a apostarse, en ese pupitre de madera: se quitó el abrigo azul marino, el chaleco azul, y se arremangó para exhibir el impúdico vello de sus brazos. Antes de sentarse volteó hacia atrás y bajo sus gruesas cejas hirsutas su mirada osciló lenta entre nosotras, dejándose lamer por nuestros ojos. Se soltó la cola de caballo y empezó a escribir mientras nosotras apurábamos los lápices debajo de las mesas. No parece una mujer, decía la primera línea de la hoja del cuaderno que hicimos circular. Es cierto, es peluda, es demasiado flaca para tanto pelo, escribió otra de nosotras. Alguna se en-sañaba en el borde de la uña cuando por fin se movieron las manos del tiempo y la inspectora hundió su dedo tieso en el timbre. Corrimos por el pasillo, cruzamos la rosale-da, entramos al baño sin dejar vigilante. Frenéticamente, descuidadamente, dejándonos llevar por el arrebato y los gruñidos, estrenamos nuestras hojas en una carnicería in-útil. Las unas contra las otras. Intentando librarnos del pelo ardiente de Pilar su pelambrera infinita nos arropaba más, se nos iba ensartando.

Pilar se paseaba ante nosotras en el patio mientras pelá-bamos membrillos. Dejábamos correr el jugo de la fruta por nuestros dorsos, nos chupábamos los dedos imaginándola desparramada en nuestro baño. Su mirada insidiosa, esa tarde, nos cortaba el aire. Después la vimos aventurarse por el pasillo, detenerse en la puerta negra y agitar la melena. La seguimos. Oímos cuando se encerraba en el retrete, su chorro interminable. ¿Quería o no quería? Se lavaba las manos cuando nos apostamos alrededor y le anunciamos lo bien que iba a quedar. No se movió mientras sacábamos las hojas pero se puso pálida y supimos que gritaría, tuvimos que agarrarla de pies y manos, sujetarla firme sobre el piso, meterle en la boca un pañuelo para silenciarla. Se resistía, pero le levantamos el uniforme, le bajamos los calcetines, le quitamos los zapatos negros. Tenía pelo incluso sobre el empeine y eso excitó aún más nuestra pasión por ella: qué desnuda iba a quedar cuando termináramos. Qué suave, que pálida. Pero seguía revolviéndose con los ojos muy abiertos y yo, que tenía la *gillette* entre los dedos, que no paraba de susurrarle que se quedara quieta por su bien, para no hacerle daño, empecé a rasurarla. A cortarla cada vez que se movía. La sangre, más que asustarnos nos azuzaba, nos instaba a seguir. Nuestra saliva anestesiaría los ardores de su piel.

Las baldosas estaban cubiertas de pelo y de sangre. Solo faltaba el pubis y Pilar dejó de moverse. Pensamos que se nos ahogaba con el pañuelo o que se nos estaba desangrando. No nos quedó más que desocuparle la boca. Como te muevas, te quedas sin ojos. Pilar sudaba con los párpados apretados, pero respiraba con suavidad y nosotras suspiramos porque temíamos tener que cumplir la promesa de cegarla. La hoja fue cortando su calzón por los lados y, con mucho cuidado, sin descubrirla por completo todavía, empezó a afeitar primero la piel que lucía arriba del elástico y después hacia abajo, retardando la aparición del precioso pubis de Pilar. Su pubis hinchado y negro. Sonrió ambiguamente cuando arrancamos la tela y vimos aparecer una enorme lengua entre sus labios, una lengua oscura, una lengua gorda que nos dejó un instante atónitas. Se iba levantando hacia nosotras, esa lengua lampiña. Lanzamos lejos las hojas de afeitar y nos inclinamos a besarla y nos besamos con asco, con ansias, con furiosa avidez.

VARILLAZOS

HABÍAN LLEGADO A ASILARSE ENTRE NOSOTRAS. Sus pies hundidos en gastados zapatos negros, sus pantalones grises parchados en las rodillas. Abotonadas chaquetas azules con una insignia cosida al pecho. Y corbatas largas como látigos que pronto nosotras también sumaríamos a nuestro uniforme. Supimos que se aproximaban a la entrada del colegio aun antes de verlos, antes incluso de escuchar sus voces ásperas atravesadas por ocasionales gorjeos: sus arrugadas camisas blancas y sus cuerpos sudorosos despedían olor a gato muerto y nosotras conocíamos bien ese olor porque lo llevábamos pegado a las palmas de las manos, metido bajo las uñas. Abrimos las ventanas al viento invernal para estar seguras de que eran ellos los portadores del olor y no nuevos gatos aparecidos en la acequia, no el pelo de los gatos todavía zurcido a nuestros calcetines, untado en las suelas de nuestros zapatos.

Corrimos por las escaleras hacia el patio enterrándonos las uñas en las palmas y en el patio descubrimos a nuestra inspectora bajando la voz y la vista, bajando incluso el moño alto que sujetaba con horquillas cuando ellos se le acercaron ondeando la autorización oficial como un victorioso banderín. La inspectora tomó la orden del gobierno y la leyó tan demorosa que nos pareció, a nosotras, que alargaba la espera de ellos para infligirles un castigo. Aquello no duró lo suficiente: poco después la vimos extraer el manojo de llaves de su bolsillo, examinar cada una, tocar los bordes irregulares de las más antiguas, acariciar las más recientes sin apuro hasta dar con la que ellos requerían. A esa llave la miró con desdén, la empuñó como una traición, la metió en el candado y la dejó ahí un momento, sin animarse a darle la vuelta.

Qué bajada de pantalones, la de nuestra inspectora. De pantalones y de calzones. Culo al aire, el de la inspectora. Quedó a poto pelado, eso nos dijimos en simultáneo y sonreímos imaginando esas carnes ajadas, y nos quedamos en vilo, respirando el repugnante olor de ellos que conocíamos tan bien. No podía haber sido de otro modo, nos dijimos apiadadas de la vieja inspectora que ahora cedía en sus principios, porque no, no era momento de resistirse a las órdenes del nuevo presidente. Así nos dijimos en un cuchicheo, tapándonos la nariz para ahuyentar la arcada que nos subía por la garganta. Con ellos tan cerca de nosotras tuvimos la certeza de que no solo olían a gato mojado sino que a sangre de cerdo acuchillado, a adrenalina, a miedo, a mierda. Olor a hombre, dijo una de nosotras, y no es tan malo, añadió otra de nosotras y las otras nos reímos sin saber por qué. Porque ahí estaba la orden oficial, ahí la mano de ellos, sosteniéndola. Porque detrás de ellos venía lo que sería la plana mayor del colegio, dos ingleses mal agestados y soberbios y un rector muy flaco y alto, de suspensores y gruesos anteojos de marco. Qué podía haber hecho la inspectora salvo abrir el candado, desenrollar la gruesa cadena y hacerse a un lado.

Sería el grueso dedo del inspector el que se hundiera, en adelante, en el timbre de nuestro recreo. Con su permiso salíamos al patio de cemento donde aún se adivinaban las líneas del luche que nos habían borrado, y era él quien a veces permitía que nos asomáramos a la cancha de deportes que ellos se habían apropiado a punta de toperoles. Nos quitábamos los zapatos y los calcetines, hundíamos la punta de los pies en la acequia mientras observábamos a los empleados trazar con cal las nuevas canchas de rugby. Nuestras afeitadas pantorrillas y nuestras rodillas bajo el jumper al que íbamos subiéndole la basta por las noches. Cruzábamos las piernas pensando que quizás ellos nos estuvieran espiando desde las ventanas o desde el ángulo de alguna enredadera sin podar. Que nos vigilaran y se distrajeran, eso era lo que buscábamos: su tensa y olorosa distracción. Pero sobre todo buscábamos la nerviosa mirada del inspector: que nos ordenara comportarnos como *ladies* o nos enviara a la oficina del rector donde le echaríamos un vistazo a la foto del presidente clavada en la pared y a la colección de varillas de la que ellos hablaban con temor.

Muy flaco, muy alto. Ese rector de anteojos gruesos había traído consigo himnos para entonar cada mañana en la asamblea y nuevas reglas que surgían de sus labios envueltos en una barba oscura pero entrecana. Eran muy fuertes sus brazos, murmuraban ellos, había varas de varios largos y anchos que el rector limpiaba a diario porque era a diario que extraía gemidos y súplicas e involuntarios agradecimientos que su norma exigía. *Thank you sir*, era lo que ellos debían decir mientras se subían los pantalones, porque eran ellos quienes entraban y salían de su oficina, nosotras no. A nosotras nos ignoraba por completo mientras discurseaba con su lengua arrastrada entre dientes. Nos ignoraba el rector, sí, por más que nos dejáramos el pelo suelto y los calcetines a media pierna. Por más que nos pintáramos las uñas y los labios de rojo. Por más tierra india sobre la cara manchando el cuello blanco de nuestras camisas. Por más que mascáramos chicle y lo guardáramos detrás de nuestras orejas, o fumáramos, o nos ausentáramos de las clases para quedarnos vagando en el patio, rondando la acequia cargando grandes bolsas.

El rector sabía que éramos nosotras quienes durante el almuerzo emprendíamos las guerras de comida. Sus lentes de miope seguían las minúsculas bolas de miga que arrojábamos hacia las cabezas de ellos para provocarlos; a esas migas seguían pequeños pedazos de corteza y si ellos no respondían enseguida realizábamos un lanzamiento coordinado de marraquetas, de un lado a otro del comedor: paneras completas, bandejas de chuletas o de pollo, papas fritas catapultadas por grandes cucharones. Esa tarde ellos ya no pudieron resistir y contestaron nuestra ofensiva usando de granadas las peras del postre. Una aterrizó sobre el plato del rector salpicándole la cara de arroz. Viéndolo así, manchado, malogrado, empezamos a zapatear sincrónicamente el suelo hasta que el comedor entero empezó a temblar, jubilosos ellos, nosotras animadas viendo venir las varillas del rector. Pero él se secó la cara con parsimonia y continuó masticando; le dejó al inspector la tarea de contenernos y detenernos y de darnos un castigo colectivo. El inspector aprovechó esa oportunidad y afinando su malévola sonrisa decretó que si éramos tan fuertes y tan valientes como creíamos que lo demostráramos, que nos pusiéramos de pie y zapateáramos hasta el final del día.

Ellos fueron llamados después, uno por uno, a puerta cerrada con el rector; cada uno recibió el golpe de rigor y una ronda extraordinaria de varillas anchas mientras nosotras aplicábamos nuestras orejas contra la muralla exterior de la rectoría. No oíamos más que quejidos soterrados y murmuraciones. Nos preguntábamos si todos ellos nos maldecirían o solo algunos, si soltarían algún nombre nuestro como suponíamos y esperábamos. Cruzábamos los dedos, nos comíamos las uñas hasta la carne especulando que tal vez alguno llegara al extremo de delatarnos por lo que el rector ya sospechaba, por aquello que el inspector nos había insinuado silbando un *no such thing as too many cats*. ¿Estaría diciéndolo por el número de gatos que aparecían flotando en las aguas oscuras de la acequia o por su causa de muerte? ¿Sabría distinguir gatos de guarenes, reconocer las formas distintivas de sus esqueletos, la textura del pelaje? ¿Habría visto el rector, en el país del que decía venir, un roedor del tamaño de un gato?

Sobre eso discutimos tendidas al sol, sobre el césped, pelando las gruesas hebras de pasto, mordiendo sus tallos blancos. Sobre quién de nosotras ofrecería su piel a las varas del rector. Sobre cómo elegiríamos a las castigadas. Sobre el tatuaje que nos dibujaríamos ahí, como un signo. Sobre quién le arrebataría los anteojos en la confusión de varas y *thank yous*. Sobre qué vida tendría el rector cuando no era el rector. Sobre qué edad tendría. Sobre el viento veraniego que le había levantado la chasquilla que él peinaba con gomina hacia adelante para cubrirse la pelada. Sobre el grosor de su cuello. Sobre sus ojos de gato pardo. Sobre el áspero sabor que tendría su lengua. En eso estábamos, concibiendo maniobras, atesorando posibilidades, cuando se nos ocurrió la táctica que emplearíamos para lograr inmiscuirnos en sus castigos. Empezaba a sonar el timbre del segundo recreo.

El mensaje que les dejamos decía, escueto. «Reunión inaplazable. Lugar: baño de hombres del patio central. Hora: recreo de las doce. Asistencia a la cita será recompensada». Y aunque previmos que podían desconfiar y no asistir e incluso elegir otro baño para orinar, nos metimos a esperarlos en los váteres cerrados. Escuchamos sus voces rápidas y ríspidas, sus risas sobre la reunión a la que venían entrando y la recompensa prometida. Están muy locas, dijo uno, y muy ricas, dijo otro; no sé, dijo un tercero, a mí me ponen los pelos de gallina, y los demás se burlaron con un cacareo y un aleteo de codos mientras emitían sus estridentes chorros contra las baldosas. Envueltos en el ruido de la meada no nos sintieron aparecer a sus espaldas. Apenas tuvieron tiempo para ocultarse en el reverso de sí mismos. ¿Qué onda?, exclamaron a coro, confundidos, sin animarse a vociferar porque ellos no eran *ladies*. Ninguna onda, dijo una de nosotras, nomás pedirles que nos entreguen sus pantalones por un rato. Eso era todo lo que pedíamos, o casi todo, eso les dijimos procediendo con apuro a sacarnos los *jumpers* por la cabeza y quedándonos en camisa, en corbata, en calzones y calcetines a media asta. Se quedaron callados viéndonos ofrecerles nuestros uniformes. Ofrecerles un pezón o un pubis, el roce de una pierna. Una multiplicación de manos. Alguno sonrió nervioso, entendiendo lo que les proponíamos. Apúrense, pues, les ordenamos.

Nos enfundamos sus holgados pantalones mientras ellos se encajaban nuestros ceñidos uniformes dejando el cierre abierto por detrás. Las costuras de hilo blanco y tenso, la tela a reventar. Las piernas menos peludas de lo que suponíamos pero torneadas, las rodillas que nuestros *jumpers* descubrían junto con calzoncillos largos disimulando la ausencia absoluta de caderas. Se miraban al espejo y se miraban entre ellos en un silencio que intuimos lujurioso. Aceptaron maquillarse los labios y tostarse la piel con tierra india mientras nosotras nos tijereteábamos el pelo y nos despeinábamos, nos quitábamos los aros, las pulseras, los anillos de piedras falsas. Sígannos, susurramos sintonizadas, y ellos nos siguieron, obedientes como niñas, unos pasos por detrás.

Alguien le avisó de nuestra ausencia a la inspectora que aterrada se lo hizo saber al inspector que, cauteloso y diligente, informó a su superior. El rector apareció a lo lejos y se fue agrandando a medida que avanzaba y se hicieron más audibles las órdenes que iba salpicando en su torpe castellano y aún más sus insultos en inglés: había trastabillado en el cruce de esa acequia que podía ser mortal. Sus anteojos volaron en el aire antes de desaparecer en el agua y lo vimos quitarse la chaqueta, arremangarse la camisa, meter un brazo hasta el fondo y encontrar un hueso gatuno. Lo lanzó de vuelta a la acequia horrorizado. Se levantó. Se limpió los pantalones y aceleró el tranco en nuestra dirección. Aligeró apenas el paso al acercarse, sin detener la vista en las piernas desnudas de ellos porque se dirigía hacia nosotras. Nos miró ciegamente bajo el sol. Que regresáramos a clases de inmediato o nos atuviéramos a las consecuencias. Muévanse, ordenó, enredando la lengua entre sus dientes porque esa palabra era difícil, y soltándose la corbata, enrollándola en su mano, haciéndola sacar chispas contra su propio pantalón, se vino hacia nosotras que no éramos ellos. No. Nosotras no íbamos a gemir ni íbamos a llorar ni le daríamos las gracias aunque quedáramos agradecidas. Nos soltamos el cinturón y dándole la espalda dejamos caer esos pantalones que ahora eran nuestros. Todas juntas nos inclinamos para recibir los gozosos varillazos de su corbata descosida.

Lo profundo

No se iba a dejar coser el agujero que ellos le habían hecho. Se lo habían dejado ahí, ese ojal de piel auscultando lo profundo, ese ombligo abierto, supurante, protegido apenas por un parche que bordeaba los pelos de abajo. Era un parche ya sucio, que arrancaba esos pelos ocasionales cuando ella retiraba la gasa para exhibir su perfecto boquete. El que ellos le habían hecho en el pabellón para quitarle lo podrido. El que habían decidido dejar así, descosido, arguyendo que el agujero aún debía soltar su pus, escurrir la recóndita mugre que ella había acumulado. Solo después podrían volver a cerrarlo.

No se iba a dejar coser.

Eso fue lo que dijo, definitiva, contundente, sin permitir que se le agitara la voz: ese *no* inquebrantable se deslizó desde su casa desvencijada hasta el desportillado hospital público a bordo del hilo telefónico. Le llegó vuelto un piedrazo, a la secretaria (se quedó un instante quieta, conteniendo el aire).

¿No se había sentido con fuerzas suficientes para acudir a la cita de cierre?, golpeó de vuelta, la secretaria, rechazando el *no* de la operada como una pelota, pateándolo con ira, ese *no*. ¿Y cómo que había regresado al trabajo, tan pronto?, prosiguió, mal encarada, raspando la punta seca de su lapicera sobre la ficha, sacándole tinta a la fuerza, ¿así nomás se fue a trabajar, con el hoyo descosido?

Le había espetado esa segunda sospecha la sombría secretaria del hospital. Pero de inmediato se corrigió, avergonzada, ruborizada, reconvenida acaso por el codazo que le propinó su compañera al oír la vulgaridad que acababa de proferir esa boca secretarial, esos labios enrojecidos, resecos, abrillantados por la saliva agria de la funcionaria; se corrigió entonces ella, quiero decir, dijo, ¿salió a trabajar con el agujero abierto?

No, repitió la recién operada, diciéndose que no regresaría nunca al pabellón; muchas gracias pero no, y ese monosílabo penetró otra vez el hilo cardíaco del teléfono y llegó entero al otro lado para dividirse entre las dos secretarias que ahora le prestaban oreja.

Buscando recuperar el control de la conversación la primera secretaria le dio un empujón a la segunda, hincó la cabeza ligeramente entre sus hombros, y bajando el tono cuanto le fue posible le dijo a Mirta (ese era el nombre apuntado en la ficha), le susurró acusatoria, a Mirta, que ellos la habían estado esperando la tarde anterior, vestidos de verde, con las manos enguantadas hasta los codos, con las bocas enmascarilladas conteniendo chistes putrefactos sobre sus enfermeras, pensó asqueada la secretaria, y seguro habría algún chiste sobre ella, ella que los dejó esperando con la aguja levantada sosteniendo un hilo plástico y ondulante en la brisa artificial del mal ventilado pabellón.

Dejar plantados a los médicos es muy grave, señorita Mirta, pero aún más peligroso, insistió, levantando la voz con un retintín sabiondo (sus sílabas dando tumbos por los embaldosados pasillos hasta el patio interior del hospital vetusto), muchísimo más peligroso que ande por la calle con un hoyo descosido. Si el hoyo, o el agujero, volvió a corregirse, su compañera levantaba las cejas y gesticulaba, si la herida había dejado de supurar era necesario proceder sin demora a sellarla.

Se escuchó el eco de otro *no* cansado o acaso distraído: la portadora del agujero suplementario se estaba encrespando las pestañas con una mano mientras con la otra intentaba estirar el enrollado cable del teléfono.

Ese *no* resumía cosas para las que ella no tenía tiempo, cosas, el dolor de la porquería que le habían extirpado y el corte sangrante, el diagnóstico; cosas como los espasmos de la primera semana y el asco, el olor nauseabundo que surgía de allá adentro, el vértigo que le produjo ver cómo era ella, ella en ese agujero cuando se arrancó por primera vez la gasa (y pedazos de costra amarillenta, y los pelos hirsutos de allá abajo), cosas como decir gracias, gracias, porque pasado el miedo a la inmundicia había vislumbrado en su interior la conclusión de sus problemas.

Y cuáles eran esos problemas, retrucó la voz del otro lado (esos labios secretariales agrietados en el auricular tanto como los ojos ante el fulgor intermitente de la pantalla), qué tantos problemas tenía ella, repitió la secretaria, y maldijo entre dientes la uña rota que acababa de engancharse en la media (la media descorrida que tendría que tirar a la basura: ese era su drama, la media rota, el hambre que a esas horas empezaba a asomarse en la oficina).

Parar la olla, llenar la tripa cada noche, le escuchó decir
la secretaria, porque qué largas habían sido esas noches,
decía Mirta, qué azules, qué ávidas, decía, mirándose los
ojos fija en el espejo (sus ojos, otro oscuro agujero); porque aunque ellos la habían curado, también casi la habían
matado de hambre.

A ella nadie la alimentaba.

Por eso, dijo Mirta encrespándose la otra pestaña falsa
con la misma cucharita, sujetando el auricular entre la cabeza y el hombro desnudo, no permitiré que me cosan. Espero no haberles hecho perder el tiempo, porque el tiempo,
repitió, es plata, no lo sabré yo, no lo sabría Mirta después
de pasarse una semana entera en la cama mirándose cons-
ternada el viscoso agujero, viendo cómo se iban secando
los bordes a la vez que se levantaban sus costillas por la
falta de comida.

Se había vuelto más pellejuda, más sedienta, sus ojos
saltones, sus pómulos afilados le habían conferido una ex-
traña belleza.

La secretaria esbozó una sonrisa burocrática mientras
escuchaba a Mirta agregar que había tenido una premoni-
ción: ese agujero seco en los bordes y húmedo en lo profundo de su costado se volvería milagroso.

Milagroso, suspiró impaciente la funcionaria viendo cómo
se fugaba su compañera de módulo, cómo la hora también fugaz se estaba yendo con su tiempo de colación a
cuestas. Un milagro multiplicador de panes con jamón y
queso, pensó malamente, esbozando una mueca famélica.
Un milagro multiplicador de billetes, imaginó, atenazada
por la repentina certeza de que algo no calzaba en la ficha
de esa mujer, Mirta Sepúlveda.

Cómo era posible que su estado civil estuviera vacío, que el hueco del oficio figurara en blanco, que no hubiera nada en el agujero de los ingresos. Entornó los ojos cierta de haber encontrado una omisión reparable, una que ella corregiría a pesar del gruñido que ahora la acechaba (la compañera, ya en el umbral, había anunciado un sánguche entre los dedos, una bebida o un café imaginario que le traería a su regreso).

Sacó de su interior una voz administrativa y repasó la ficha, punto por punto.

El silencio de la secretaria se siguió de otro: era Mirta tragándose sus *noes* y demás palabras intestinas mientras meditaba cómo explicarle lo del milagro. No estaba loca, no, y no era una fanática religiosa, no se le había aparecido ninguna virgen llorona en las sombras nocturnas de sus paseos ni sobre el óvalo de un plato vacío. Era tan simple: se había levantado de la cama, ella, a altas horas, se había quitado el parche endurecido por las secreciones (una maraña de pelo en la cinta adhesiva) y se había examinado ese agujero improvisado, rosado, suavecito, había acariciado el borde con un dedo e incluso lo había metido ahí, untándolo de aire tibio y huellas digitales.

Ese agujero era único. Nadie se lo iba a quitar.

Y sin lavarse ni perfumarse ni maquillarse, casi sin vestirse pero dueña de sí misma, había salido al único boliche que podía estar abierto a esas horas noctámbulas (era un faro esquinado, a lo lejos, con las luces despiertas). Se acercó a la reja que resguardaba al dueño de la botillería de una calaña de borrachos exaltados y asaltantes, dijo ella, la experta en noches; desde esa reja, desde sus tres vueltas de cadena, le silbó al dueño para pedirle que le fiara una bolsa de papas fritas y una cocacolita.

El dueño la reconoció a pesar de la vista corta de él y de la flacura despeinada de ella, le ofreció las papitas y la lata y le preguntó dónde se había metido, y ella se levantó la falda y le mostró los muslos enjutos y la pelvis puntuda y el pubis afeitado, y su agujero, su insondable agujero, y el dueño del local le abrió el candado y la reja y la invitó a sentarse mientras metía su dedo ahí para medir hasta dónde llegaba.

Descorchó un gran reserva, dijo Mirta de manera tan secreta que, más que oír lo que decía, la secretaria sintió una vibración en su tímpano, el sedoso temblor de unas sílabas que entraban y luego salían, apenas rozando el interior de su oreja. Era un vino muy bueno, repitió Mirta agregando que el dueño le había pagado tres veces más que las veces anteriores por dejarlo estrenar ese agujero, que le pagó por adelantado cada una de las noches siguientes y que se corrió la voz, que llegaron otros interesados. Todos querían profundizar, dijo Mirta, en un susurro vuelto alegría en el oído de la secretaria que cruzaba su pierna por encima de la rodilla y se miraba, discreta, los muslos muy juntos, la media descorrida, la uña que se trepaba por el punto roto; y la secretaria tironeó para que se fuera, el punto, un poco más arriba, un poco más adentro.

HAMBRE PERRA

Antes tenía un perro, ahora tengo hambre.

Ana HARCHA

DENTRO DE LA NEGRA, por debajo de la piel pegada a las costillas, bajo sus tetillas puntiagudas, en su hinchada barriga. Mi criatura y el hambre.

La Negra se me acerca, cabeza gacha. Su larga lengua babea, hay hilachas todavía enredadas entre sus dientes. Al lamerme los dedos de los pies se me eriza la piel. Cada pelo de los brazos y el pelo de todo el cuerpo se levanta al recordar que dejé a mi criatura sola con la Negra. Le sobo la nuca, no puedo castigarla.

¿Cuánto tiempo estuve en el hospital sin pensar en ella, en que nadie iba a alimentarla, en que podía morirse de hambre?

Levanta la cabeza, la Negra, para repasarme las rodillas; busca en ellas algún resto. Alguna miga, algún pellejo
suelto. Mordisquea el ruedo de mi falda, tira de ella, le
arranca otra hebra y entretiene las muelas con ella. Luego
se trepa al sillón desvencijado, se monta sobre mis piernas y me revuelve los pechos con su nariz. Huele la leche
dentro de mí y gime y mi cuerpo responde hinchándose
y derramándose. Su lengua enloquece mientras el líquido
espeso empapa mi vestido.

No soy yo, es mi cuerpo el que amamanta a la Negra y
a la criatura que desde hace unas horas lleva dentro.

Mi frágil criatura.

Con ambas manos me voy exprimiendo. Permanecemos
un momento absortas. Un momento apenas, la Negra y
yo. Su lengua áspera en el pezón me excita. No a mí, a
mi cuerpo que pronto queda vacío de leche. La Negra se
adormece sobre el piso y soy yo la que sufre de un hambre
inesperada. Mis tripas gruñen en desconcierto.

Ahora resuena muy adentro, dentro incluso de mi infancia, la voz seca de mi madre. Qué haces ahí echada, niña,
levántate, sal a buscar comida para tus hermanos. Son sus
órdenes, son sus sílabas cascadas por la madrugada. Mi
madre se nos arrima con una barra de pan fresco y manteca
fría y una botella de leche aguada, casi transparente. Ella
que es morena de pies a cabeza nos consigue comida completamente blanca. La deja sobre el suelo y se desploma en
el hueco tibio que yo le dejo en el colchón.

Es mi turno y yo salgo a la calle todavía masticando mi
ración de pan enmantecado. Alcanzo la esquina y me siento

sobre su vereda a estirar la palma: una moneda siempre cae, a veces también caen una mirada y una pregunta.

Monedas y ojos extraños: esa será la cena de mis hermanos y mi madre cuando anochezca y sea otra vez su turno. Ella me dejará su hueco en la cama y regresará a la calle a buscarnos el desayuno.

La Negra se sienta en un rincón, expectante. Percibo el destello de su lomo azabache, casi azul. Su cola dura se agita sobre la grupa carnosa. Es una perra de muslos gruesos como fueron los de mi madre y son ahora los míos.

En esta gordura se clavan las pupilas de los hombres.

Es esta la carne que atrae a los perros.

Así decía ella, mi madre, que salía a trabajar con las piernas prietas dentro de sus pantalones o dejando su carne a la vista bajo la falda.

Se clavan como cuchillas.

Nuestra madre nos dejaba aullando detrás de la puerta. Se nos perdía en la oscuridad hasta la mañana siguiente. Qué largas eran las noches sin ella, qué largo el encierro y el miedo; tanto más que los días en mi esquina esperando monedas, sufriendo los ojos. Las preguntas de los hombres.

Mi madre se cansó de sostener la noche con sus piernas y una noche me llevó con ella. No hubo forma de resistirse, me arrastró por las calles mientras un sol anaranjado iba escondiéndose tras los árboles.

¿Ya llegamos a la noche?, preguntaba yo, atropellando la oscuridad con mis pies enclenques.

Apura el paso, ya vamos llegando, murmuraba su boca oscura que yo casi no discernía bajo los árboles. Solo sus dientes brillaban bajo los faroles.

Nos detuvimos bajo un cartel de neón esa noche y todas las siguientes. El lugar estaba sembrado de colores intermitentes y de sombras y de las luces discontinuas de los autos que se detenían ante nosotras. La noche estaba llena de portazos. De pasos de ida y vuelta. De palabras y cifras y de órdenes que hasta entonces yo desconocía. La noche estaba llena de manos y dedos. La noche llena de urgencias.

La Negra y mi criatura aparecieron entre las manos de la noche. Entre sus dedos y sus monedas y sus ojos brillantes. La Negra estaba herida y me siguió, se enredó entre mis piernas. Debió de oler lo que mi bolsa contenía y pese a mis patadas se vino detrás de mi pan, de mi manteca, de mi leche agria. Se vino detrás de la criatura que me crecía dentro y se alimentaba de mí. Arrastré las piernas con una a cuestas y la otra detrás hasta que llegamos a mi habitación: me tiré sobre el colchón sin fuerzas para comer ni para tomar agua, sin fuerzas casi ni para dormir. La Negra se abalanzó sobre el pan fresco y no me importó porque ya no había tantas bocas que alimentar: mis hermanos habían acabado por largarse, mi madre por morir.

El miedo de que me quitaran a la criatura me sacó del estupor. Recuperé mi ropa de debajo de la cama y me deslicé por los pasillos durante el cambio de turno para zafarme de las matronas que exigían mi nombre, mi edad, mi situación laboral, y que miraban a mi criatura con ansias maternas.

Tuve que arrancárselas de los brazos: yo me haría cargo de lo mío como había hecho siempre. Y disimulando entre los brazos a mi escuálida criatura me escapé de sus cuidados y atravesé la ciudad y subí los escalones de mi edificio, empujé la puerta y vislumbré al fondo de la pieza oscura los ojos radiantes de la Negra.

Caí en la cuenta de que la había dejado tres días con sus dos noches bajo llave, sin agua ni pan, mientras yo daba a luz a la criatura y me sometía a los interrogatorios de las asistentas sociales. La perra parecía desfallecida pero pudo levantarse, se arrimó con determinación y me rasguñó las pantorrillas con sus garras.

Lamió la sangre de mis piernas.

Es la carne, me dije, y la dejé que bebiera de mí.

La Negra se alzó en dos patas para descubrir lo que traía entre mis brazos. Su ladrido despertó a la criatura. La hizo llorar.

Estate quieta, le ordené mientras trataba de dormir otra vez a la criatura, pero la Negra ladraba y saltaba y me empujaba exigiendo comida. Tranquila, insistí, estate quieta, repetí, saldré a buscarte de comer.

Me gruñó cuando me vio irme hacia la puerta.

La sentí rascarla del otro lado y gemir cuando puse la tranca.

En el almacén de la esquina, la dueña me preguntó si ya había expulsado a la criatura o si estaba todavía en el hospital o a quién se la había dejado. ¿Durmiendo solita?, me preguntó. Sola no, respondí, con la Negra. La mujer hizo una mueca de desamparo porque cómo la había dejado con esa perra roñosa, no apta para cuidar ni de sí misma.

No quiso fiarme: me regaló el pan junto a una malla de naranjas, un trozo de queso, una caja de leche chocolatada para que no me faltara el calcio ni la grasa. Y no sé si di las gracias, me apuraba llegar a alimentarlas.

Empujé la puerta y me asustó el silencio. Era un silencio irrespirable, cargado de olores que no reconocí. La Negra levantó apenas la cabeza al verme entrar y la escondió entre sus piernas y no necesité ver las hilachas de mi criatura desperdigadas por el suelo, restos de un pañal ensangrentado, para saber qué había sucedido.

De eso hace horas, acaso días.

Qué largas han sido siempre las noches.

Tanto más largas ahora entre la Negra y yo.

No me atrevo a salir a la calle, nunca más podría.

La Negra me lame los pechos ya vacíos de leche y se tiende a mi lado en el colchón. Se acurruca a esperar que pasen los días y sus horas sin ladrar pese al hambre suya y mía. No tiene fuerzas para gemir al ver que me incorporo, lenta, dificultosa yo también, que mi cuerpo se voltea para montarse sobre el suyo, para sujetarla, para que mi puño levante un cuchillo en la oscuridad.

Tranquila, le digo, estate quieta, enterrándole el cuchillo.

La Negra refriega la cabeza sobre nuestro colchón sucio y abre la boca para mostrarme su lengua carnosa, sus inútiles colmillos. Le acaricio la barriga que sube y baja, convulsionando, mientras yo le susurro al oído que yo también tengo hambre. Un hambre perra.

DIENTES DE LECHE

SOBRE LA BURRA EL VIEJO SE ASOMA: viene a echarme sus ojos de hambre. Montado al revés de su bestia famélica se estaciona en la esquina, y dicen las taberneras que todo por mirarme. Aldonza, aúlla el viejo, Aldonza, sacudiendo sus mechas. No soy yo esa: me llamo Lorenza pero no se lo digo. Me agria la sangre que me hable sin apearse. Empuña un palo al que llama su lanza y al acercar la punta al ruedo de mi falda le quedan las costillas al aire. Le va a dar la ciática al caballero si no le muestras las nalgas, me gritan las taberneras en la calle. En este ayuno nada importa: que no me hayan crecido tetas todavía, que todavía no sangre. Que todavía de noche me meta en la boca los dientes de leche, y los chupe y chupe, y alguno me trague. En mis encías rotas no engorda ni una muela. Las taberneras me lo advierten, ellas ya conocen la cara de la hambruna que azota y arranca dentaduras. (La más vieja:) Miren qué mañosa es esta cabra. No te hagái la mosca muerta (la del tajo que le parte la frente). Se está haciendo (la del bigote) la tonta. Sácale la plata, cabrita, no seái lesa (la colilla de un cigarro sobre labios pintados). Aprovéchate y después nomás te largái. (Y aun otra:) Y te dejái de andar lavando sábanas ajenas. Las taberneras me juran que así como se ve, flaco y enclenque, el viejo carga una botella de leche. Dicen esto las taberneras y se dan de codazos. Las taberneras aplauden, las taberneras apuestan sus melenas sobre la mesa pero yo no le muestro las piernas. No me agacho a recoger las sábanas desmayadas en la vereda. Qué voy a mamar de ese pellejo. Yo lo que tengo es hambre. Mi hambre es lo único que poseo. Por un mendrugo blando, por esas uñas negras gusto a salame le lamería sin asco hasta los huesos. Y sin embargo no le hablo. Me niego a conversarle y a descubrirle el secreto de mis labios. Tapado por su bacinica el miserable masculla palabras que no entiendo. Palabras desvariadas que arranca de sus libros. Que se lleve sus ojos saltones, su lengua amarga, sus arengas de escupo. El viejo se deshace bajo el sol de la tarde, a lo lejos me parece ver ubres derramando una cuajada muy dulce. Solo imaginarlo mi boca babea sobre las sábanas sucias que cargo. El hilo de mi saliva se va llevando al sumidero las noches mugrientas, el ácido tufo del desagravio, los sesos derretidos, la tinta negra. Que no regrese el ingenioso a ojearme. Que cumpla su oferta de andante y se vaya a pie por los caminos. Que me deje en prenda esa burra suya, ya le exprimiré yo con mis encías las ubres y toda la sangre.

SANGRE DE NARICES

¿Dónde está tu sinónimo en el mundo?

Clarice LISPECTOR

NO SE TRATABA DE UNA EXAGERACIÓN. Se instaló un perrito de la ropa en la nariz porque no toleraba la hediondez de su celda. El olor a húmedo y a orina y a presidiarias sudorosas le desencadenaba una hemorragia que apenas podía sujetar con una bola firme de algodones.

Era tan delicada de nariz como había sido el hámster que Roberto le había traído en una jaula de alambre. Mira lo que tengo para ti, le dijo, y levantó el paño gris que cubría el armatoste de metal: ¡un hámster! Pero no era uno, no un hámster sino una. *Una* hámster querrás decir, corrigió ella después de examinarla detenidamente. Una hámster que colocó sobre una mesa lateral mientras Roberto se quitaba la ropa en la pieza. Ella seguía examinando a su ratita por debajo y entonces se dio cuenta de que, aun así, cambiando el artículo que iba siempre por delante del animal, la ratita metida en su jaula seguía sonando y pareciendo un *el* hámster y no una *la*, una señorita hámster. Roberto la llamó desde la cama pero ella seguía reflexionando: hámster era uno de esos sustantivos machos, como animal, como odio, como disparo. Como hombre.

Camino a la habitación le comentó a Roberto que le daría un nombre a esa rata fina, que le donaría el que había sido su nombre propio antes de que lo cambiara: Georgina. La ratita que corría en la rueda eterna de su jaula sería Georgina mientras ella, la ex-Georgina Silva amaestraba un nombre nuevo, uno que le sonaba más literario: Geel en vez de Silva. María Carolina Geel era el nombre con el que firmaba sus novelas y con el que el reducido circuito literario la conocía. María como todas las mujeres chilenas, Carolina como la princesa, y Geel con dos vocales gemelas y femeninas que se pronunciaban como una sola i.

Roberto no tuvo inconveniente, la atrapó entre sus brazos y la hizo crujir entera y después salió raudo a hacer una entrevista para su periódico. La Geel se quedó rebanando una hoja de lechuga para Georgina. Compró después alpiste de canarios y un recipiente para que la rata se bañara.

A partir de ese día, María Carolina Geel se levantó temprano para quitar la sábana que cubría la jaula; abría la celdilla y le ponía comida pero jamás tocaba esa bola oscura de ojos pardos que era Georgina. Una Georgina arisca como su dueña, que era baja y morena, que, según dijeron después los diarios, tenía muchos pretendientes a los que no hacía ni el menor caso.

María Carolina se encerraba a escribir por las tardes después del trabajo, y las teclas de su máquina acompañaban el ritmo de la carrera de Georgina. Era una mujer limpia y escrupulosa y, a pesar de sí misma, una escritora doméstica. Se había vuelto una prisionera de su escritura, como la hámster que corría presurosa sin ir a ningún lugar: ambas se afanaban en lo suyo sin desplazarse.

La escritora detuvo los dedos sobre sus teclas y miró a Georgina en su angustiosa carrera.

¿En qué pensaría Georgina?

Siguió tecleando pero otra vez se interrumpió.

Tal vez si tuviera compañía…

Tal vez si fuera a la tienda de animales y le buscara un acompañante.

¿Otro hámster? Tal vez, pero, ¿un *otro* hámster o *una otra*?

De piernas cruzadas en la cárcel María Carolina Geel recordaba con ternura ese anterior dilema. Si solo hubiera tomado la decisión correcta. Si solo hubiera seguido sus instintos antes que seguir las sugerencias de Roberto.

Roberto que había enviudado por fin de su esposa enferma.

Roberto que necesitaba una nueva madre para su hija.

Roberto que andaba obsesionado con el matrimonio y no hacía más que hablar de eso a pesar de las rotundas negativas de María Carolina. La escritora no quería casarse con él, pero decidió casar a Georgina.

Pobre animal.

Pobre yo.

Seguía deliberando apenas interrumpida por sus propios jadeos: le costaba respirar en la privilegiada celda que le habían otorgado en la Casa Correccional. Él. La. Uno. Una. Susurraba con la cabeza todavía envuelta en un paño. La cabeza envuelta y el cuerpo también ceñido: el catre era sucio y duro y cómo saber quién se había acostado antes en él, qué matojo de cabeza, qué piojos liendres hemípteros insectos de esos que parasitan el cráneo y chupan succionan tragan ideas, sobre todo buenas imágenes de novela, metáforas, caspa y sangre.

Aspiró con la boca bien abierta pese a sus remilgos. Estiró las piernas, cada uno de sus dedos. Le habían crecido las uñas, observó, sonrisa en los labios. Debía pedirle a la monja, a la madre Anunciación, que le prestara la tijera podadora con la que recortaba los rosales del jardín, o que ella misma le rebanara las florecientes garras si dudaba del uso que *la reo* (otra palabra masculina, qué falta le hacía un diccionario en la cárcel: ¿sería correcto decir *la rea*?), si tenía alguna sospecha sobre el uso que quería darle la rea Geel a la herramienta. No escribía a gusto con las uñas tan largas. Se hería la cabeza al rascarse con ellas. Sentada frente a la pequeña mesa de madera, se frotó las manos con el lápiz entre las palmas: lo hacía siempre antes de escribir la primera letra. Esa mañana demoraría un poco más que la anterior, un poco menos que la mañana siguiente:

avanzaba julio

(el año era 1955);

avanzaba julio y la temperatura iba descendiendo

(preveían «una media de 5 Celsius en el centro de Santiago»);

avanzaba julio,

las mañanas estaban demasiado frescas y no era suficiente abrigo el adelgazado uniforme ni ese nuevo pelaje que su cuerpo había producido y que sin pinzas no tenía cómo depilar.

Para el frío de la cárcel ningún abrigo era suficiente: el hielo en los muros y los suelos de piedra, el rocío humedeciéndole la piel. Pese a las manos tiesas y a los sabañones en cada dedo y hasta en las orejas, la escritora seguiría escribiendo. ¿A qué, si no, había venido a la cárcel? Mordió el extremo sin punta de su lápiz mientras se planteaba cómo se había gestado la historia de esa sangrienta caída: la caída de Roberto en el vacío de sí mismo. La nariz se le llenó del opaco olor a pólvora, los labios del sabor metálico de la sangre. Y la cabeza se le quedó en blanco como la hoja de papel que tenía delante. Se rascó la nuca con sus filosas uñas y pensó: la muerte es siempre el mejor final para un relato, aunque también se puede empezar por la muerte. Pero no cualquier muerte, la muerte por homicidio. ¡Y si el homicida era la homicida! *La* homicida, reflexionó, pero también *la* artista y otra vez las dimensiones de las palabras le cortaron la respiración. Se quitó el perrito para tragar el aire húmedo y pétreo de su celda. Ese intenso olor a alcantarilla con un toque dulzón; la escritora se dijo: son los pétalos de rosa despedazados en el patio, son las espinas incrustadas en la madre superiora. La madre Anunciación debía hallarse en sus labores matinales, tras los latigazos y las oraciones de la noche anterior. Qué pecadora debía ser la madre Anunciación, se dijo la escritora, quien

desde el primer buenos días, hija, seguido de una ojeada que le cortaba las costuras de la ropa,

desde que le dio su áspero uniforme de carcelaria,

desde que le ordenó con dulzura materna que se vistiera, que ya atendería ella a sus prendas de civil y a sus joyas,

desde entonces y de ahí en adelante la escritora sospechaba. Se temía lo peor de Anunciación y de sus gruesas tijeras, lo peor de ella y de las otras reas: de la ambidextra María Patas Verdes (por los hongos en los pies), de la Rosa Farías y sus tratos con la Chamaca de la voz aguardentosa, de la ladrona de la Adelaida y de la María López todavía encerrada en La Solitaria tras la pataleta de la semana anterior. Geel había oído clarito lo que decía y cómo entre dos monjas la arrastraban para darle su merecido. Se temía lo peor, porque sí, eran bien raras todas, de capitana a carcelaria. Pensaba María Carolina en lo que hacían estas mujeres que no escribían, que posiblemente no supieran ni leer siquiera; qué hacían durante las horas muertas de la cárcel, en qué se distraían, de qué manera se acompañaban. Tantas posibilidades, tantos signos de interrogación sin palabras de por medio eran un material emoliente y estrógeno, y ese perfume a rosaleda, qué rico, y las tijeras, las uñas, se dijo mientras mordía un trocito de madera con los dientes delanteros.

Miró la hoja aún en blanco. Se puso a hurgar entre los recortes de prensa que atesoraba entre las ásperas páginas de su cuaderno, en un intento por entusiasmarse con el encargo que el crítico literario le había hecho. Ni más ni menos que el prestigioso Alone (¡no era ese su verdadero nombre!), ni menos ni más que él, otro solitario que huía de algo sin desplazarse, sí, él le había sugerido, instado, exigido, que escribiera sobre «aquel mundo cerrado en lo femenino»:

ese mundo particular

(¡la cárcel, estimado don Díaz Arrieta, la cárcel no es un mundo ni es un infierno, la cárcel de mujeres es un extraño paraíso que huele a sudor y rosaleda!),

ese universo singular, propio, distintivo, peculiar, íntimo, el que ahora habitaba como una infiltrada.

Se fijó un momento en esa fotografía en la que ella abrazaba el cuerpo caído de Roberto y la arrugó entre sus dedos y se la metió entera a la boca. Mientras la masticaba levantó la cara hacia el ventanuco, un rayo de sol se colaba por una esquina y la escritora deshacía y se tragaba el artículo con su fotografía y entonces, súbita, miró directo al rayo y quedó encandilada. Como en un éxtasis místico, se preguntó qué hacía ahí, con la cabeza cubierta y la nariz prensada. Se miró las manos, vio en ellas los recortes que Alone le había enviado en sus cartas. El encandilante sol se nubló, los balazos en el Hotel Crillón; ¡de veras!, se dijo, y apoyó la punta del lápiz sobre su cuaderno. Y supo lo que le estaba sucediendo: tenía hambre, un apetito inhumano.

El papel le había desatado el instinto de comer y se tragó otro trocito de madera. Había leído en alguna revista (¿acaso en el *Readers Digest*?) que el hambre provocaba heridas en el estómago. «Úlcera: dícese de la dolorosa herida en las paredes internas del estómago causada por exceso de jugos gástricos». María Carolina era una mujer enciclopédica, y sabía de medicina, sobre todo, porque había pasado años aguantando el habla hipocrática de su primer marido, el médico. Sabía también de leyes, de tonta no tenía un pelo: su segundo exmarido era leguleyo. Sabía mucho de esoterismo y de las putrefactas prácticas periodísticas pero lo que había aprendido con mayor entusiasmo habían sido las letras.

María Carolina analizaba todo rigurosamente, era imaginativa y tendenciosa porque era nacida bajo el signo de Virgo. («Culta, refinada, triste, vanidosa, fría y ególatra» fue la descripción que el sicólogo criminalista había hecho de ella. Era cierto, lo decía siempre el horóscopo pero Geel no pudo evitar maldecirlo: ¡misógino, maricón, comunacho!, exclamó cuando escuchó esta descripción durante el juicio).

Lo último que había aprendido la perfeccionista María Carolina había sido el tiro al blanco con una pistolita Baby Browning calibre 6.35, tan de moda entre las escritoras de la época. ¿Qué escritora no llevaba una *baby* de esas en su cartera? La Bombal había baleado a su novio con una de esas y las demás no habían encontrado aún ocasión de dispararla. Pero no se lo dijo al juez. Se lo diría solo al coronel Del Canto que la había recibido e incomunicado en la Primera Comisaría la misma tarde del 14 de abril.

¡Cómo le dolía la cara! Abrió el perrito y se masajeó la nariz respirando por la boca. Quizá debía comenzar por ahí su relato, ese que iban a publicarle con un prólogo de Alone, porque, qué podía ser más interesante que el testimonio de un asesinato contado por el propio autor, la, la, *laaa...* canturreó Geel.

María Carolina se detuvo un segundo: el rayo de sol había sido obstruido por una nube. El rayo de sol cortado, rebanado, interrumpido, la gramática de su pensamiento truncada, todo rimaba en sus frases. ¿Y su ratita Georgina, la la *la* homicida? ¿Qué sería de ella? No se había detenido a considerar ese hecho terrible, temible, irreversible: no había quien alimentara a Georgina desde que ella había sido detenida. De ninguna manera sobreviviría los quinientos cuarenta y un días de sentencia que le habían dado en el fallo de primera instancia, y menos los tres años y un día que le cayeron encima en el fallo de la sexta sala de la Corte de Apelaciones. Pobrecita Georgina abandonada en su jaula. Todo porque los jueces habían decretado que «si bien el reo (¡*la* reo!, ¡la *rea*!) actuó en el delito con un control disminuido de sus impulsos, no se encontraba totalmente privada de razón». Nadie, absolutamente nadie en esa casa, porque la escritora era una mujer dos veces casada y divorciada y ahora una mujer sola. Su único hijo estaba en Brasil, junto a su padre el médico, y el leguleyo hacía tanto que se había esfumado, como su propio padre: el Silva a quien nunca conoció se había ido hacía cuarenta y dos años. Nadie en casa, porque sola debía *ser* y *estar* una escritora de manos frágiles como ella. Y era, y estaba, y por eso había logrado fama, fotografías en las revistas femeninas y en los periódicos que leían los hombres: porque su obra tenía un prestigio literario refrendado por Alone.

Y lo sabía, sí. Lo sabía. Sabía que le interesaba a los críticos porque era una escritora «cerebral», porque «escribía como hombre», porque era una escritora que exhibía un erotismo desenfadado. Tal vez sobre la erótica de la cárcel y sus malos olores debería escribir ahora, se dijo y carraspeó. Alone había tenido la amabilidad de mandarle la crónica de Latcham, y María Carolina Geel leyó en voz alta las palabras de ese otro crítico: «La autora tiene una clara inteligencia para captar matices del alma femenina y una técnica moderna, de planos audaces, ajena a procedimientos atrasados».

La autora en persona dobló la página, contenta, para qué disimularlo, y regresó a dónde se había quedado: su casa abandonada, su ratita muerta de hambre. Solo su amante de los últimos ocho años tenía llaves de su casa, él *podría* haberse hecho cargo de Georgina –podría, tercera persona singular en tiempo condicional del verbo poder–, pero su examante estaba muerto. Extinto. Derramado por el Salón de Té como un mal vino. Examante y extinto, dijo Geel en voz alta. La estentórea voz de María Carolina repetía estas palabras como un mantra, como si desenrollara un papiro y revelara en voz alta su secreto jeroglífico. Y el secreto que no era desconocido pero que seguía sin aclararse, era que Roberto Pumarino Valenzuela,

«32 años,
militante socialista,
viudo desde hacía dos meses,

un hijo de seis años,
funcionario de la Caja de Empleados Públicos y Perio-
distas»
estaba muerto.

Se había sacado la lotería de la muerte: «En su bolsillo
se encontraron dos medios enteros. El 06204 para el sorteo
de lotería de Concepción a celebrarse el próximo sábado;
el 48817 de la Polla del domingo; y dos décimos para el sorteo de la lotería de Arequipa». Le había tocado ese día el
premio mayor de la rifa que era la vida: María Carolina.

¿Por qué le concediste el premio mayor, María Carolina?

¿Por qué mataste al muerto?, susurró Geel jugando con
las palabras, y luego, en voz alta, a velocidad y sin equivo-
carse murmuró: ¡finado extinto pumarino fallecido difunto
occiso fiambre valenzuela roberto exánime!

Tantos sinónimos para un mismo acto, pensó, y lo pensó
otra vez con más calma, y se dijo: La verdadera sinonimia
no existe. La objetividad de las palabras no existe. Roberto
Pumarino tampoco existe. Ya todos se habían olvidado de
él, pero de ella nunca nadie se olvidaría. Porque ella no le
había dedicado ninguna palabra, porque no había pronun-
ciado más nunca su nombre.

De pronto comprendió cuál era el objetivo de Alone,
para qué le mandaba esas amables cartas de incitación, por
qué la animaba al testimonio. ¡Quería sacarle el secreto,
quería venderlo, quería hacerla desaparecer a ella y quedar-
se con su texto! ¡Quería que ese hombre fuera el héroe caído, y ella qué! Hacerme polvo. Polvo eres María Carolina,
pero polvo no serás. Porque nadie, ni el más ratonil de los
críticos iba a deshacer lo que ella había hecho: vaciar sus
cinco tiros en el cuerpo de Pumarino. Tal cual. Los balazos
fueron haciendo fatal blanco de arriba a abajo. El primero

en la boca, el quinto en el hígado. Todo ocurrió tan rápido que Pumarino no alcanzó a dibujar una mueca de sorpresa. Las balas hicieron surgir cinco hilos de sangre y cuando lo vio desplomarse se lanzó por última vez en sus brazos. No recordaba nada de eso, pero lo contaban los diarios, lo mostraban a él y también a ella rodando por el piso.

Habrá que contarles otra historia, se dijo la escritora y se acomodó el perrito de la nariz. Pero cómo resolver el problema más urgente: que Georgina moriría de hambre si no había muerto ya. Sobre la muerte por inanición también se podía escribir, pero a quién más que a ella le importaba el hambre de una rata. A quién más que a María Carolina Geel importaba el hambre de la cárcel. No puedo pensar en una respuesta con tanta hambre, se dijo María Carolina aseando su nariz con la manga del uniforme. Para escribir sobre el hambre había que pasar hambre, se dijo, pero su memoria no convocaba el infructuoso deseo de comer sino acaso lo contrario, la última cena, la última once, la tarde en el hotel Crillón con Roberto Pumarino. El té negro y los pasteles ordenados sobre una bandeja; los panes y *scones* tibios y bolitas de mantequilla argentina; los helados con palitos de barquillo, los pesados cortinajes burdeos con orlas doradas, las lámparas de cristal. Y Schubert transmitido en un radio-teléfono. Cómo le gustaba la música, qué falta le hacía. Tarareó a Schubert, los ojos pardos entornados, repasando de memoria las impecables alfombras del Crillón, las mesas altas de caoba, la platería, la tetera de humeante *earl grey*, las tazas de porcelana, su boca haciéndose agua.

Pero esto último sonaba vulgar, su boca..., la boca...

Y fue movida por el estómago que la escritora se encaramó hacia el ventanuco para contemplar el jardín carcelario, a ver si al menos se paseaba por ahí la reverenda madre

Anunciación, la de la voz mesurada, la de los ojos saltones. Pero solo vio venir a la Juana Rojas, otra presidiaria como ella, pero pobre, pobrísima. La paupérrima Juana vivía en el Patio de las Guaguas desde que había parido ese niño horrendo que se ponía colorado cuando berreaba, ese niño tan negro de pelo, tan olor a caca. También por criaturas como esa se endilgaba María Carolina el perrito en la nariz. Por sucias como la Juana Rojas o la Rosa Farías era que de noche la escritora se introducía bolitas de algodón en las orejas. Para no oír eso que hacían y deshacían las reas y que tanto asco le daba. Porque era tal el asco que el algodón no servía, que los dedos en las orejas no servían. Geel escuchaba hasta el replegarse de las faldas. Sobre ese asco, sobre la imposibilidad de hacer oídos sordos a los gemidos de esas mujeres también debía escribir: las clavaría al papel con su lápiz. Para apropiarse de sus movimientos, de sus manos, de su lascivia, para hacerlas todas suyas pero sin tocarlas, para inscribir sus cuerpos sobre el de Roberto.

El cuerpo de Roberto bajo el peso de otros cuerpos.

El detestable olor de Roberto bajo otros olores.

Se lo había explicado a los jueces pero ninguno aceptó su versión: que lo había fulminado por su olor. En medio de un arrebato aromático, dijo, aunque quizá no fuera esa la manera apropiada de decirlo, porque, para su sorpresa, su atenuante no estaba descrito en el Código. Debía ser por eso que don Malaquías Concha iba a proponerle no alegar una causal olfativa. Diría, más bien, que lo de la divorciada María Carolina Geel había sido un «acceso de locura transitoria gatillado por un ataque de celos» o una «depresión nerviosa». Lo mismo le habían diagnosticado a María Luisa pero la Bombal había errado el blanco y no había logrado matar a su amante. Malaquías Concha le había refrescado la memoria: después de tomar el té en el Crillón un caluroso 21 de enero del año 1941 (¿hacía solo catorce años?) la autora de *La amortajada* y de *La última niebla* había descargado tres balazos sobre ese hombre. El abogado Concha había atendido el caso y había insistido en que Bombal, mucho antes que la Geel, se declarara celosa. Concha dijo que describiera o se inventara, si prefería, el angustioso dolor causado por la negativa de Pumarino a casarse con ella.

¡Pero no fue ese el motivo!, argumentaba la escritora, ¡él quiso siempre casarse conmigo, era yo, yo, yo la que no quería!

Concha no la escuchaba, le dijo que hablara de la otra mujer con la que Pumarino planeaba casarse.

¡Pero eso fue después!, dijo la escritora. No altere el orden de los acontecimientos. No altere la verdad de los hechos ilustrísimo señor, don Malaquías.

Dígame entonces por qué.

Me niego, me niego a decirle nada que no sea que su olor desencadenó los eventos. Su intenso olor a mujer.

¡Celos, pues! ¡Celos asesinos!

Geel se dejó caer sobre la silla negando una y otra vez con la cabeza y murmurando, ese olor a mujer pegado a Roberto, ese olor...

Escúcheme, titubeó la acusada ante el abogado que le habían impuesto. Llegó a decirme que se casaba envuelto en ese olor que me mareaba. El olor activó algo en mí, algo, ¿entiende?, una poderosa reacción química. Traté de cubrirme la nariz con la servilleta de tela, pero mientras él hablaba su rostro se cubrió de sudor, don Malaquías, su sudor impregnado de ese olor que me hacía sangrar la nariz. Le pasa a las ratonas, ¿sabe?, ciertos olores las excitan, ciertos olores en los cuerpos de sus crías.

Malaquías Concha se agarraba la cabeza a dos manos, y ahí estaba ella cumpliendo su condena. La verdadera Georgina Silva Jiménez curvó las palmas como una corneta alrededor de sus labios y aulló en el juicio: Me llamo María Carolina Geel, las dos e pronunciadas como una sola i, su señoría, y asesiné a un hombre para librarme de su olor. Hubo toses en la sala, ruido de piernas que se descruzan. El abogado se dejó caer abrumado en su asiento. Después diría que «la escritora sufría de una obsesividad patológica».

Pero Geel no se obsesionaba con el hecho de que no le creyera ni su abogado. Le preocupaba cómo se las iba a arreglar su ratita en la jaula, ahora que estaba sola. ¿Podría aguantar la inanición después de haber comido a sus anchas? Se las arreglaría de alguna manera. Si solo yo hubiera prestado más atención, se dijo María Carolina. Si hubiera tomado nota cuando la vio con la cabeza entre los alambres de su jaula, moviendo su naricilla y sus finos bigotes. No se había detenido en los bigotes del encierro, pero al palparse por encima de los labios se percató de que también a ella le había crecido el bozo y no tenía pinzas ni alicates ni espejo de mano. Pero estaba ocupada en los bigotitos inquietos de la ratona, no en los suyos, más discretos. La ratona bigotuda acababa de parir seis diminutos hámsteres lampiños, gelatinosos, y ella, María Carolina, los había tocado con la punta del dedo. Pero Georgina, la, la, *la* hámster había reconocido la sustancia humana, mariacarolinesca, en el pellejo de sus crías. La había olido.

¿Qué fue lo que sucedió?

¿Ataque de celos?

¿Depresión nerviosa?

Asco, eso era, asco ante esas hormonas de hembra humana.

Eso quiso decirles a Malaquías Concha y al juez. Que le había pedido perdón doblándole la ración de alpiste, pero la ratita no aceptó sus disculpas. Georgina se había trepado en su rueda y había corrido y corrido, la noche entera corriendo, intentando huir de ese olor. El cilindro crujiendo y gastándose, eso es lo que la Geel había creído percibir entre sueños.

A la mañana siguiente, el macho estaba herido de muerte y tuvo que abrir la jaula para deshacerse de él. Esa misma noche todas las crías habían perdido la cabeza y Georgina corría y corría dentro de su rueda. Estás angustiada, pobre mi ratita, le susurró angustiosa María Carolina, sin atreverse a abrir la jaula y retirar los seis cuerpos. ¿Cómo describir el escenario? La escritora mordisqueó el extremo de su lápiz: cómo darle verosimilitud, verismo, verdad, realidad, trascendencia, rigor, pundonor, a su relato. No, no había sido en absoluto necesario retirar los cuerpos porque esa misma noche, cuando fue a poner en la jaula una ramita de apio, no quedaba huella del genocidio, del infanticidio, ¿del criaturicidio?, ¿del hamstericidio? La ratita no había dejado rastro de ellos, ni un solo hueso, y dormitaba más hinchada que nunca en una esquina de su celda. Geel devoró la rama de apio mientras observaba a su ratita haciendo la digestión.

Ni una sola evidencia, ni una sola gota de sangre, pensó en la celda del correccional, con el lápiz apoyado en la hoja, tachando una palabra y repensando otra. Esa tarde en el Crillón, qué bien lo entendía ahora, ella había sido menos elegante que Georgina. Ella había olido un cuerpo en Roberto Pumarino, y qué, y qué, había captado bajo el

perfume a pino un olor a sudor femenino. El olor la había
hecho meter la mano en la cartera y hurgar en ella, el olor
y la mujer de ese olor tan exquisito la llevaron a levantarse y
disparar,
disparar,
disparar,
disparar,
disparar,
sintiendo los efluvios de pólvora y los perfumados bor-
botones de sangre. Excitada por la mezcolanza de aromas,
atraída por la secreta novia de Pumarino, la escritora María
Carolina Geel besó esos anchos labios acabados de besar,
besó esa boca maquillada de rojo porque ya esa boca estaba quieta.

Ay, EL OLOR YA SE HABÍA LEVANTADO, lo había removido y revuelto el portazo de tu padre; yo apenas lo percibía pero él se asomaba al galpón y se ponía la mano sobre la nariz, sobre la boca, cerraba los ojos y con un hilo de voz nos alertaba del aire irrespirable, luego lanzaba un suspiro y partía hacia la calle en busca de la esquina. No era la esquina lo que buscaba, no eran los fierros retorcidos del accidente ni la sangre de los muertos. Tu padre iba en busca de la mano extraviada. La mano que habías perdido, Aitana, en algún lugar de la avenida. Ojalá nunca la encontrara tu padre en los alrededores del paradero, que no hurgara en los basureros, que no preguntara a nadie por tu mano en el comercio. Tu mano continuaría perdida y tú no tendrías que irte, Aitana; podríamos seguir aplazando la despedida. Aguardábamos las dos (sobre todo yo, Aitana, sobre todo) el regreso de tu padre con las manos vacías. Pasábamos las horas repasando una y otra vez los porme-

nores del accidente, del accidente Aitana, ay, la infortuna-
da tarde en que intentaste alcanzar esa micro que no se
detuvo. Tan descuidada, Aitana, pasaste junto a la cola
despreciando la impaciencia de los que esperaban hacía
horas en el paradero: los obreros que dejaban los huecos
edificios de hormigón, las inefables secretarias con las ta-
pillas gastadas, los estudiantes de uniforme, las madres con
sus guaguas. Pero tú no los veías, Aitana, tú apurabas el
paso hacia delante sin calcular el rencor que estabas provocando; eso nos dijo, esa noche, sin levantar la vista el
cabo de carabineros, que, haciendo revolotear tu falda,
pasaste junto a los irritables oficinistas asfixiados por sus
corbatas. Qué largas y desesperantes se habían vuelto las
colas santiaguinas, siempre lo comentábamos, cuando llegabas, ya casi de noche: la vastedad de esas filas interminables como las horas, a la espera de una micro que por
fin comparecía para que la gente trepara sus escalones, se
acomodara en el borde del asiento, se fundiera o confun-
diera con otros pasajeros, o quedara aplastada contra las
puertas, sin aliento. Ay, decías, así es el penoso periplo de
los peatones, así son las micros, una mierda que circula
echando un humo fétido y contaminando el aire. Eso decías
al llegar, al sentarte junto a nosotros a comer, es una mierda el transporte público de esta ciudad. Y eso mismo pen-
saban los que persistían en la cola esa tarde: así es, qué
vamos a hacer si la micro no se detiene pero alguna se
detendrá, especulaban. Tú no, Aitana, tú no pensabas en
nada mientras te colabas como una ciega; desfalleciendo
de hambre no te percatabas de las penurias ajenas, solo
procurabas avanzar lo suficiente para detener a la próxima
micro, para aferrarte a ella, para adosar tu cuerpo a su
chatarra. Por eso levantaste el brazo y abriste la mano (tu

mano ahora extraviada) como una pancarta, para que te viera el micrero que en ese momento arremetía por la gran avenida; ay, sí, los carabineros nos fueron contando que la micro se asomó a lo lejos. Nos explicaron: la micro venía embistiendo la calle colmada de pasajeros que la habían tomado en el inicio del recorrido, y en ese momento adelantaba otras micros igualmente abarrotadas de brazos y axilas y juanetes; se acercaba al paradero ladeada por el peso mortal de los obreros que colgaban de sus fierros, esos cascados trabajadores agitando los puños, provocando a la hastiada cola con algo de sorna, con las bastas deshilachadas al viento, con los cordones zapateando una cueca brava en las aceleradas y frenadas del micrero. Es una hazaña, dijo el cabo compungido, cambiando de tercio, que no se les desgarren los dedos y salgan volando mientras los micreros se solazan sorteando obstáculos, precipitándose en furiosas carreras por las avenidas, siempre apremiados por cortar boletos, por terminar el turno. Mientras el cabo reflexionaba sobre los riesgos del transporte yo deducía que debía ser por eso que tú no llegabas, Aitana, no llegabas, no, aun sabiendo que a esas horas ya tendríamos la mesa puesta, la cazuela recalentada, el pan duro de tostar y retostar; que estaríamos sufriendo la angustia de tu tardanza. Es cierto, *siempre* sufríamos, sufríamos, ay, sufríamos *siempre*, eso decías, y desafiabas mis ojos subrayando el *siempre* con tu arrogancia universitaria, sí, sonreías sopeando la marraqueta en la cazuela, explicándonos que era una enfermedad la del sufrimiento. ¿Una enfermedad? ¿Por qué decías eso? Te tragaste el pan ablandado como un hígado podrido y nos miraste con soberbia, y continuaste diciendo, con el dedo de esa mano entonces levantado, ustedes se martirizan imaginando tragedias que no existen. ¿Pero de dónde sacaste eso?, te pregunté retirándote el plato. Te limpiaste los labios con el dorso de la mano y, aclarando la voz, subiendo un poco más el tono y modulando, nos explicaste que nuestra conducta, nuestro comportamiento (sobre todo el tuyo, mamá, sobre todo) revelaba los síntomas de una aguda deformación profesional. Eso dijiste y otra vez, completando la idea, ustedes sufren de una aguda deformación profesional provocada por la experiencia cotidiana del trabajo que realizan. Cómo me dolieron esas palabras, esa inflexión altanera que nos hundía en nuestra ignorancia. Estábamos descubriendo a una nueva hija, la educada Aitana de nuestras pesadillas. Nos quedábamos atónitos ante esa manera rotunda que tenías ahora de hablarnos, esa insolencia de maestra cincelada por el crédito universitario que nosotros habíamos decidido avalar con nuestro trabajo, ay, ese infeliz crédito fiscal que todavía estamos pagando. Tanto arduo trabajo para que tú nos hablaras de esas cosas que aprendías en el aula, tantas palabras en tu poderosa mandíbula estudiantil que con tanta energía le hincaba el diente al choclo de la cazuela. Sí, era cierto, no entendíamos siempre lo que nos decías pero no nos importaba, nos alegraba ver tus manos moviéndose en el aire junto a las palabras, tu cara encendida y sin deformaciones. Qué palabras más bonitas y raras nos traías. Solo ahora hemos comprendido (sobre todo yo) que era verdad lo que nos decías: sufríamos porque nos acompañábamos de muertos, porque trabajábamos días y noches con difuntos. Era por eso que la muerte se nos quedaba adherida, por eso cargábamos un olor mortecino, por eso entrabas a la casa abriendo las ventanas. Fue para aliviarte que durante ese largo invierno yo las dejé abiertas, para que no oliera a muerte. A muerta. Pero ese olor no se iba, Aitana, no se lo llevaba el viento. La hediondez en el galpón aumentaba y tu padre se acongojaba, y los vecinos empezaron a quejarse. Que se quejaran. Que llamaran a la policía. Ay, Aitana, a lo mejor tenías razón, tu padre y yo (pero sobre todo yo) estábamos enfermos de sufrimiento. Una enfermedad crónica para la que no había cura. La muerte había deformado nuestra manera de ver la vida. Solo vislumbrábamos el estrago que se desplegaba en las ojeras de nuestros clientes. Percibíamos el ocaso inminente en las espaldas jorobadas de las viudas que llegaban asidas a unos brazos. Avizorábamos el fin en la mirada perdida de los huérfanos que llegaban junto a sus tías o abuelos o madrinas a pagar la urna de sus padres. Ay, ay, pensábamos en ellos con desdicha pero jamás te lo decíamos, nos preguntábamos cuánto les quedaría después del entierro, cuánto tiempo de vida, cuánto dinero, sí, eso nos planteábamos cada día en el galpón de atrás, en la funeraria de barrio donde tu padre blandía el cincel y pulía los féretros; pero él, al menos, podía interrumpir el trabajo en cuanto aparecían los finados, él torcía el rostro, él se daba la vuelta y me dejaba a mí los clientes y sus papeles: el nombre del finado, la fecha de nacimiento, el certificado de defunción, las firmas en el contrato, las boletas de servicio y, al final, el dinero, el pago todo junto, nada de cuotas. En nuestra casa no se le fía ataúdes a nadie, sin plata no llegamos a un acuerdo. No es cierto eso, siempre llegábamos, y yo me metía el efectivo en un bolsillo discreto mientras les acercaba una servilleta de papel donde pudieran sonarse. Era triste, era tan atrozmente triste que nuestra felicidad dependiera de sus tragedias, nuestro presupuesto de sus pérdidas, nuestra comida de sus cadáveres. Pero éramos felices también, algo felices, porque de sus estrujados bolsillos había surgido tu fresca felicidad universitaria. Nunca te lo dije, Aitana, pero tu felicidad no me hacía feliz. Tu sonrisa era un puñal que se me hundía en la conciencia de ser madre: tu alegría era una posesión adquirida con esfuerzo, una propiedad que podía ser arrebatada en un instante. Y tú eras tan descuidada, Aitana. Tan despierta pero tan distraída. Ten cuidado con tu felicidad y la nuestra, pensaba al verte en el umbral de la puerta, llena de dicha, la mochila llena de libros. Guarda bien esa felicidad que nos hace sufrir tanto, murmuraba estremecida detrás de la puerta, con el ojo en la mirilla, y te imaginaba levantando tu dedo universitario y señalando que nuestro sufrimiento (el mío, Aitana, el mío) era una aguda contradicción, una distorsión que habitaba mi cabeza, una forma de neurosis, y dejándome enredada en tus palabras te alejabas a toda carrera hacia el campus. A mí qué podía importarme que fuera una deformación o una neurosis o una manía, un pecado de madre, un miedo terrible a perderte, qué más daba que mi sufrimiento tuviera un nombre dentro de un libro que yo no leería: yo seguía preguntándome en tu ausencia cuándo nos tocaría a nosotros eso que le sucedía a los demás. Cada vez que me miraba en los ojos vacíos que mis manos cerraban me echaba a temblar, pedía no ser la última en morir sino la primera: que no me tocara enterrarte. Aitana, te decía a solas en nuestro galpón, las madres no estamos hechas para enterrar a nuestras hijas. ¿Cuánto tiempo te lo repetí con las ventanas abiertas? ¿Cuántos días con sus noches, mientras el frío nos helaba los huesos? ¿Cuánto tiempo pasamos tú y yo ahí antes de que llegara la policía? No lo recuerdo. No me acuerdo de nada salvo que duró una eternidad de días y noches en la que pensaba tantas cosas distintas que parecía no pensar en nada. Y no dormía. Y no comía. Y me aguantaba, no iba al baño para no separarme de ti. Fue durante esa noche interminable que entendí por qué nunca habías querido entrar en el galpón. Te quedabas en la casa escuchando los martillazos que tu padre le daba a los ataúdes, sujetando largos clavos entre los labios. Te sentabas a esperar a que yo terminara de engalanar los cadáveres, de enfundar esas piernas tiesas en unos pantalones recién planchados, de abotonar camisas, de hacer nudos de corbata, de ajustar el mejor traje o vestido de la víctima y después cubrir con maquillaje las manchas de la piel y disimular las ojeras, los ocasionales moretones. Porque en eso consistía mi trabajo. Los muertos tenían que quedar como vivos, la muerte debía verse elegante en su despedida, y en eso nos desvivíamos tu padre y yo (sobre todo yo), aunque tú no quisieras verlo. Vislumbré mientras te acompañaba en el reposo que tenías tanta razón de no querer meterte entre los muertos, Aitana, la muerte es una enfermedad contagiosa que terminaría por desquiciarnos (a mí, a mí) y tú lo percibías, tú me lo asegurabas con tu dedo acusador, mamá, ya no eres capaz de distinguir a un finado de alguien que aún respira, cualquier rictus te parece una mórbida sonrisa, ¿no te das cuenta, no te das cuenta, no te das…? ¿Qué estás diciendo, Aitana?, respondía yo. ¿Cómo no voy a notar la diferencia? No, mamá, hay una distorsión crónica en tu cabeza. ¿Y en qué lugar de la cabeza está alojada esa distorsión?, te preguntaba con curiosidad, pero tú no lo sabías, no estabas segura de su ubicación exacta. Eso no lo habías estudiado todavía. Tampoco pudiste decirme si la neurosis dolía, se lo preguntarías por la tarde a tu profesor en la universidad, tomarías nota y vendrías corriendo a señalar sobre mi cráneo el punto preciso del dolor por más que a mí no me dolía nada aparte del alma, y el del alma era un dolor agudo en el cuerpo entero, ay, sí, sí, me dolió el alma entera esa noche, y aunque no me creas, Aitana, fue el alma más que el corazón lo que sucumbió cuando oímos los golpes en la puerta. En la cabeza nunca sentí nada, aunque tú insistieras que algo andaba mal ahí (en mi cráneo, Aitana, en mi cerebro), porque yo padecía de extraños mareos cada vez que te atrasabas, porque yo me desvelaba y salía al patio a esperarte si daban las dos de la mañana y tú andabas en alguna fiesta, porque buscaba los números de los hospitales en la libreta mientras tu padre me quitaba el auricular, ¿qué estás haciendo, mujer?, deja de marcar esos números que no pasa nada, nada, ¿comprendes? Está bien, bueno, me calmo, me siento, pongamos la tele un ratito mientras viene, y por eso precisamente esa noche me tragué los nervios (era terror, terror, ¿por qué nunca llamabas para avisarnos?) mientras la cazuela se iba enfriando. Y esperé y esperamos, para que esta vez llegaras tarde pero no me encontraras al borde de un colapso; para que no me acusaras de tener un problema en la cabeza incluso dormité un rato en el sillón hasta que nos despertaron los golpes. La puerta. Debe ser Aitana, dije sabiendo que no porque tú tenías llaves de la casa y no dabas esos golpes. ¿Quién será, quién podrá ser?, ¿un cliente desesperado?, me dije intentando calmar las palpitaciones de mi alma medio dormida y demasiado despierta, mi alma estupefacta que no comprendía que tenía delante a los carabineros, la tonta de mi alma que no estaba entendiendo lo que los carabineros explicaban esa noche cuando abrimos por fin la puerta y nos encontramos con esos terribles bigotes, con los inflamados pero solemnes ojos pardos del cabo que se identificó con rango y apellido y después nos preguntó nuestros nombres. ¿El señor y la señora García? Sí, sí. Y puso aún más cara de circunstancia, y nos dijo no supe qué, nos dijo, ¿qué?, ¿un accidente?, yo solo escuchaba que tu padre me repetía que te había arrollado una micro, ¿una micro?, ay, tu padre me repitió cada palabra cuando se fueron como si él mismo no lo hubiera escuchado bien. Según los antecedentes, dijo tu padre que había dicho el cabo de los ojos pardos, según el informe recibido tú te habías saltado la cola en el paradero, y al ver que te hacías la desentendida los oficinistas se enfurecieron, te amenazaron con sus corbatas en la mano, pero también los obreros se indignaron y empezaron a sacarte la madre (¿pero qué tenía que ver yo, sobre todo yo, con todo eso?), y las secretarias juraron arrancarte los ojos con los tacones de sus zapatos, y los escolares agarraron piedras, y las madres, también las madres con las guaguas llorando. Y tú, había dicho el cabo, aunque quizá dijera, y la señorita Aitana García, tu padre no estaba seguro pero qué importaba la formalidad en esa noche fría mientras yo temblaba, que la señorita intentó esquivar tanto las amenazas como las primeras piedras y se lanzó hacia la calle: te arrojaste al pavimento, te tropezaste (te estoy viendo) hacia la boca abierta del micrero que muy tarde te vio y aserruchó el freno, pero ya la micro se deslizaba hacia delante con todos sus pasajeros. El micrero y todos ellos pasaron por encima de tu falda y hubo montones de heridos, señor, señora García, lo siento, hubo muertos porque muchos salieron expulsados en la frenada y cayeron de cabeza, de costado, hasta de pie cayeron con las hilachas de los pantalones empapadas en sangre, con los cordones enredados en el cuello, con los labios apretados y los ojos demasiado abiertos, y debajo de todos ellos, debajo de la micro, ay. Eso fue más o menos lo que nos dijeron esa noche, lo que tu padre tuvo que volver a explicarme ya casi de madrugada: que debíamos partir a la morgue de inmediato a recuperar lo que había quedado de tu faldita floreada y de tu mochila universitaria, debíamos cumplir el trámite de reconocerte entre los cadáveres. A eso nos abocamos en la penumbra, a arreglarnos el pelo, a lavarnos la cara, a cambiarnos la ropa. Mientras tu padre se ponía la chaqueta yo metía en el termo la cazuela tibia, el arroz desintegrado, las zanahorias molidas, el repollo recocido y el choclo íntegro sobre la coronta que estaba segura engullirías para aliviar el hambre. Salimos a la calle desierta todavía iluminada por unos débiles focos anaranjados. Espera, le susurré a tu padre, espérate un momento, se me olvida algo, le dije, y él me miró desconcertado, qué haces mujer, vamos, vamos, ¿a dónde llevas esos calzones?, pero no alcanzó a disuadirme porque enseguida comprendió que eran tus calzones, que era tu comida, por si acaso, por si acaso, ¿no te parece?, y tu padre asintió con una enorme tristeza y me tomó de la mano con la suya llena de callos, me la tomó con suavidad, como hacía años no me la tomaba, sujetó cada uno de mis dedos, y así, como novios desesperados nos detuvimos en la vereda a esperar un taxi de amanecida que apareció en el acto, a lo lejos, con las luces prendidas a pesar de la luz. El taxista no nos preguntó la dirección porque sabía dónde estaba la morgue y no dijo ni una sola palabra durante esos minutos eternizados en los semáforos y tampoco quiso cobrarnos el recorrido: yo también soy padre de familia, dijo, y tu padre me espetó, vamos, vamos, porque estábamos apurados por sacarte de esa oscuridad llena de pasillos. Detrás de una mampara, ahí estaban tu nombre y todas tus pertenencias, ahí estabas

tú, Aitana, ay, en la camilla, cubierta por esa sábana que
yo quise quitarte de encima, pero no, me dijeron, un mo-
mentito señora, espere, la señorita está durmiendo, no la
despierte, sí, sí, tu padre dirá que no pero sí, oí clarito que
me decían, su hija está durmiendo, déjela descansar un
ratito, y yo suspiré aliviada, y empecé a llorar y hasta me
soné con tus calzones pero pronto me contuve, no llores,
no sigas llorando, a Aitana no le gustan estos escándalos,
te va a apuntar con el dedo y te va a decir que sufres demasiado, que ya te estás imaginando una desgracia en tu
cabeza deforme. Fue por eso que busqué en mi cabeza
alguna imagen tuya que me alegrara, ¿y sabes qué se me
vino a la cabeza?, tu cara de niña con granos de choclo en
vez de dientes, qué graciosa te veías cuando hacías eso, y
ese recuerdo me reconfortó, y empecé a reírme despacito
y ya no pude aguantar la carcajada, eran risotadas estruen-
dosas las que brotaban de mi cuerpo porque lo único que
veía era esa sonrisa amarilla de maíz, y por más que intentaba calmarme no podía, y me sacaron de la sala y tu padre
se quedó adentro contigo y los forenses, mientras, afuera,
una enfermera me ponía una pastilla sobre la lengua y me
obligaba a tragarla con mi propia saliva. Traté de no atra-
gantarme con la pastilla que iría eclipsando la risa y ador-
meciéndome. Esas horas en la morgue están sumidas en
mi modorra, ay, tenía tanto sueño pero no debía dormirme
ni menos desplomarme, tenía que regresar a esa sala fría
donde estabas reposando y destaparte para tocar despacito
tu ceja herida, recorrer tu brazo y acariciarte la mano todavía alzada hacia la micro que te vio, que sin duda tuvo
que verte puesto que alcanzó a frenar. Quería acariciarte
esa mano sabiendo que estaba perdida. Nos dijeron que la
seguían buscando entre los fierros retorcidos y los asientos,

entre los arbustos; no sabían dónde se había metido tu mano, quizás alguien se la había llevado o la había tirado al basurero, tu mano, Aitana, la mano del dedo erguido con la que tomabas notas en clase, con la que agarrabas la coronta de choclo, la mano que puso granos amarillos donde faltaban dientes. Supe que no podrías descansar nunca sin esa mano, que debíamos esperar a que apareciera, y tu padre negoció con los forenses para que nos dejaran llevarte a casa mientras tanto. De ese modo yo te lavaría entera, te curaría las heridas, te maquillaría los moretones y tendríamos tiempo para que de a poco me fueras contando todo; te preguntaría, Aitana, no creas que se me olvidó, ¿dolía o no la neurosis?, ¿en qué lugar de la cabeza se ubicaba ese dolor?, y tú imitarías las palabras altaneras del profesor, y yo te pediría, cuéntame cómo es esa vida universitaria que tanto te gusta y que yo nunca tendré, porque estoy vieja para eso y nunca tuve plata, ay, sí, tendríamos tiempo mientras tu mano no apareciera, tanto tiempo, esta larga noche no acabará nunca, le decía a tu padre cada mañana, cuando él abría la puerta del galpón y me susurraba, algo inquieto, desde el umbral, que estaba empezando a oler, que olería por mucho que te lavara, que hedía incluso con las ventanas abiertas de par en par, pero yo no le hacía caso cuando empezaba con que era necesario poner la tapa y martillarla, que ya no hacía suficiente frío, que pronto se quejarían los vecinos, que regresaría la policía, que darían vueltas los ataúdes hasta encontrar la causa, vamos, vamos, me decía tu padre olvidándose por un momento que yo soy tu madre, que no pueden obligarme a actuar en contra de mi hija, porque ¿y la mano?, le preguntaba yo, ¿se te olvidó que falta la mano?, Aitana necesita su mano para asistir a la universidad y escribir en su cuaderno, su mano para parar la micro y regresar por la tarde, la mano del dedo soberbio, ¡la mano pues!, y tu padre torcía la vista porque se le caía la cara, tiraba su martillo al suelo, lo pateaba lejos, y sin despedirse de nosotras salía a la calle dando un portazo. Salía a buscarla.

ORIGEN DE LOS CUENTOS

Los relatos de este libro se mueven desde la infancia de las protagonistas a la edad adulta, sin embargo, es otro el orden cronológico de la escritura que aquí se consigna. Los más tempranos de esta colección son «Platos Rotos», escrito en 1994 y publicado la década siguiente por la revista *Plagio*, y «Función triple», escrito en 1995 y publicado el mismo año en la antología *Salidas de madre* (Planeta). Siguen dos del año 2000: «Sangre de narices», relato que ficcionaliza un crimen ocurrido en Santiago a mediados del siglo pasado (*Con pasión,* Planeta) y «La huesera», originalmente publicado como «Estatuas chinescas» en la colección *Cuentos chilenos contemporáneos* (Lom). El cuento más breve de esta colección, «Dientes de leche», fue escrito por encargo para la antología *Micro-Quijotes* (Thule) en 2005. «Hojas de afeitar», acaso el más comentado y traducido, fue merecedor del segundo lugar en el Concurso de Cuentos Eróticos de la revista chilena *Caras*, en 2006, y publicado por la misma. «Ay» se inspiró en una breve nota de crónica roja aparecida en la prensa chilena en los años 90 que la autora archivó, extravió, y ficcionalizó en 2008 para publicarlo, traducido al inglés, en la revista *Bomb* y luego en la antología *Ellas cuentan* (Simplemente Editores). Asimismo, «Hambre perra» se basó en una tragedia neoyorquina de los años setenta que le fue referida a la autora por su padre: fue ficcionalizada en el 2009 para *Nuestra América*. «Varillazos» apareció como «Pantalones abajo» en el diario chileno *La segunda* en el 2013. «Lo profundo» surgió de una historia contada a la autora por un siquiatra durante una cena privada: la revista *Letras libres* lo publicó en 2015. «Doble de cuerpo» fue escrito por encargo para *Las otras. Antología de mujeres artificiales* (Díaz Grey) en 2016, y es también un cuento por encargo «Tan preciosa su piel», de 2020, que la revista *Concreta* incluyó en un dossier sobre el apocalipsis. Todos los cuentos fueron retocados por la autora, salvo «Reptil», que fue escrito en 2023 para esta edición.

Esta primera edición de
Avidez
de Lina Meruane
se terminó de imprimir
el 15 de septiembre de 2023